中国专业作家作品典藏文库

中国专业作家作品典藏文库
石钟山卷

天下父母

石钟山 著

中国文史出版社

目　录

生死相托

县大队和鬼子在刘家坎打了一场遭遇战，县大队又有三个战士牺牲了。他们死之前没有留下一句话。他们正全神贯注地向鬼子射击，便被流弹击中了，身子一颤，腿一软，就卧在那里，不动了。任凭别人千呼万唤，在另外一个世界里，走向了一条不归路。

排长杨铁汉的这个排，在这次战斗中牺牲了两个战友，魏大河那个排牺牲了一个。县大队撤出战斗后，跑到了一个山坳里，鬼子最初在后面追了一阵，打了一阵排子枪，也发射了几发炮弹。炮弹在县大队有形有序的队列中炸了，县大队和鬼子交了几次手后，就领教了鬼子迫击炮的规律——炮弹飞来的时候是带着啸音的，这就给县大队留下了躲炮的时间，该跑的跑，该卧的卧。总之，鬼子慌慌张张丢下的炮弹，没能给县大队带来什么损失，倒似乎像是鬼子和县大队开了一个玩笑。

那三个牺牲的战士的遗体被埋在了山坳里。三座很新的坟，惊心动魄地矗立在那里。肖大队长和刘政委组织全大队的士兵，在三个战友的坟前立住了。

肖大队长哽着声音说：让我们向战友告别吧。

说完，率先举起了手，向三座新坟敬礼。所有的人也都举起了手，几十只扬起的手臂，像一只只飞起来的鸟。

向牺牲的战友告别，按惯例是应该弄出些声势的，比如冲天空鸣枪，用雷鸣般的枪声送战友走上一程，以示活着的人会永远缅怀死去的英灵。而此时，县大队弹药奇缺，弹药大多是从鬼子和伪军那里缴来的，向战友告别、鸣枪的规矩也就取消了，只剩下行军礼，寥落却悲壮，但也算是个仪式。和鬼子三天两头地短兵相接，难免会有牺牲，今天向这个战友告别，明天又向那个战友告别，一战下来，谁也说不准会囫囵个儿地回来。

最后，刘政委就握着拳头，冲三座坟头说：王小二、张远志、赵长林同志，你们安息吧。等把小日本赶走了，我们再给你们立碑。

刘政委是含着眼泪说完这一番话的，政委是从延安派来的，觉悟高，人也有文化。脸上戴着的眼镜几天前被鬼子的炮弹给震裂了，镜片上纷乱地延伸着纵横交错的裂纹，刘政委看人时的目光就有些四分五裂。

县大队所有的人都沉默着，听了刘政委的话，心里一阵发空，无着无落的样子。战士们三天两头地向牺牲的战友告别，今天向别人告别，说不定哪天就是别人向自己告别了。心里有些麻木，但抗日的烈火仍在心头烧着。

后来，队伍就散了。县大队的状态就是打游击，到处都是家，却又都不是家。那天晚上，县大队就在那个立有三座坟头的山坳里歇了。

王小二和张远志都是杨铁汉这个排的战友，赵长林是魏大河那个排的。杨铁汉清晰地记得，王小二是三个月前刚入伍的新战士，才满十七岁，是很腼腆的一个孩子，说话还会脸红。张远志也很年轻，二十出头的样子，十天前刚当上班长。平时很少说话，没事就自己卷烟吸，深一口、浅一口的。身为一名老兵，作战经验也算丰富了，但他仍没有躲开鬼子的流弹。张远志中弹的时候，就在杨铁汉的身边，张远志张嘴想说什么，却说不出来，眼睛大大地盯着杨铁汉。杨铁汉就大叫了起来：张班长，张班长，有啥话你就说吧。

张远志仍没能把最后想说的话说出来，胸前被子弹射穿的洞，正汩汩地涌着血水，人像泄了气的皮球，软塌塌地倒在了杨铁汉的身边，一双眼睛仍不甘心地望向杨铁汉。杨铁汉伸出手，在张远志的脸上抹了好几把，都没有使他的眼睛闭上。张远志是睁着眼睛走的。

此时，杨铁汉坐在张远志的坟前，仿佛张远志仍大睁着眼睛望向他，他的脊背就一阵冰凉。

杨铁汉卷了支烟，卷好，递一支给身旁的魏大河，又给自己也卷了一支，两支烟头就在暗夜里一明一灭的。

杨铁汉发冷似的说：张班长走的时候是有话要说的，可他没有说出来。

魏大河干咳了一声，就想到了自己的战士赵长林。赵长林就牺牲在他的怀里，赵长林被子弹击中了肚子。赵长林断断续续地说：排长啊，我一点劲儿也没有了。他还说：排长，我家里有爹，还有娘哩。

魏大河当时就带着哭腔说：长林，相信政府，政府会照顾他们的。等把小鬼子打跑了，他们会过上好日子的。

赵长林听了，冲魏大河挤出一丝笑，头一歪，就再也不动弹了。

魏大河听了杨铁汉的话，闷着声音说：人离开这个世界时，最放心不下的就是自己的亲人。

魏大河说到这儿，就想到了县城里的亲人，老婆李彩凤刚给他生了个儿子，日本人就占领了县城。为了儿子能过上好日子，他义无反顾地参加了县大队。一想起老婆和孩子，他的心里就有些发紧。

天这时已经暗了，县大队开始了埋锅造饭，一簇簇火星星点点地亮了起来。每一次战斗后，都会有战友牺牲或受伤，县大队的情绪就很压抑。肖大队长和刘政委就一趟趟地跑到中队或排里，做战士们的工作。工作的重点无非就是给战士们加油、鼓劲。肖大队长和刘政委豪迈地讲着，战士们听着，却仍掩饰不住悲凉的情绪。他们一遍遍地抬起头，望向坡上那三座新立起的坟头。

此时，杨铁汉和魏大河仍在坟前坐着。他们不停地吸烟，烟头在黑暗中不停地明明灭灭。杨铁汉和魏大河是一起参加县大队的，在参加县大队之前，两人并不认识。魏大河住在城里，开了间杂货铺，卖一些针头线脑和烟酒糖茶，后来就娶了老婆李彩凤。李彩凤是九一八事变之后，从东北逃荒过来的。逃过山海关时还是爹娘和哥一大家子，到了天津后，一家人就走散了，李彩凤一路找着爹娘就流落到了魏大河所在的县城。李彩凤那年刚满十八岁，一路上的饥寒交迫，再加上连惊带吓，当她走到魏大河家的杂货铺前，人就晕倒了。魏大河救了李彩凤，并收留了她。当时从东北逃荒出来的孤儿寡母不计其数，散落在冀中、冀北的城市和乡村，有的被好心人收留，有的另起炉灶过起了生活。

魏大河娶了李彩凤后，很快就有了儿子抗生。当时全国上下掀起了一浪高过一浪的抗日高潮，魏大河便给刚出生的儿子起了“抗生”这个名字。

可惜好景不长，日本人从关外长驱直入，侵占了华北，这座县城里便来了日本人。县大队一成立，魏大河就报名参加了。

杨铁汉一直生活在乡下，父母就他这么一个儿子。日本人没来前，杨铁汉和父母种着几亩地，日子虽不富裕，倒也能过得下去。日本人来了不久，就来了一次秋季大扫荡，眼看着成熟的庄稼就被日本人给扫荡走了。剩下带不走的粮食，也让日本人放火烧了，日本人的策略是，即便是自己拿不走，也决不留给城外的八路军。一家人眼睁睁地看着日本人抢走了自己的命根子。

这时候的中国人开始觉醒了，他们明白要想过上好日子，就得把小日本给赶出去。而想赶走日本人，就得参加县大队。他们都知道，县大队是真心打鬼子的一群人，他们的大号就叫作八路军，是从延安来的队伍。当时，全中国的老百姓都知道有一支革命的队伍扎在延安，那是一支穷人的队伍。

这支穷人的队伍最后就变成了八路军，和国民党合作，一起抗日。抗来抗去的，人们发现只有八路军县大队才是一支真正抗日的队伍。百姓们要过上国泰民安的日子，就得起来抗日，把鬼子们从中国赶出去。

杨铁汉参加县大队，一晃就是三年多。他和魏大河一起经历了日本人的春季、秋季大扫荡，打过阻击战，也袭击过鬼子的炮楼，大小仗也打了无数次。他们已经被历练成了真正的战士，后来又先后当上了排长。

两个人在战斗中也结下了生死情谊。在一次执行端掉鬼子炮楼的任务时，杨铁汉和魏大河被分在了一个小队里。任务的分工是杨铁汉去炸炮楼，魏大河负责掩护。魏大河当时用的是一挺轻机枪，是不久前从鬼子手里缴获来的，也算是县大队唯一的重武器了，只有在执行重大任务时，肖大队长才将这挺轻机枪派上用场。端鬼子的炮楼自然是重要任务，正是这座炮楼切断了八路军的联络通道，交通员几次通过时都被鬼子发现后乱枪射死，给八路军的工作带来了很大麻烦。

上级终于决定，命令县大队要不惜一切代价，端掉鬼子的炮楼。最初的几次行动都没有成功，鬼子似乎也意识到了这座炮楼的重要性，派了一个小队的鬼子兵加强驻守。为了攻打这座炮楼，县大队的好几个战士都牺牲了。肖大队长也急红了眼，他带着县大队的人员绕着炮楼转了好几圈，也没有找到下手的好办法。

炮楼的眼前就是一片开阔地，白天想接近炮楼几乎是不可能的，就连兔子在炮楼下蹿过，上面的鬼子也能看得清清楚楚。白天是这样，晚上也不例外，鬼子在炮楼上架了两只探照灯，交替地在地面上扫来扫去。

县大队没有大炮，就只能够智取了。那一天，鬼子和几个伪军的嘴巴有些忍不住，想打秋风了，就找来了伪保长，让他在两天之内送三只羊过去。龟缩在炮楼里的鬼子，三天两头地就从炮楼里溜出来，跟各村的伪保长要这要那。鬼子说一不二，村里的伪保长也不敢不给，若不及时送去，鬼子就会出来杀人放火，弄得一村子的人不得安宁。

这件事就让县大队知道了，端掉鬼子炮楼的点子也就有了。

那一次，肖大队长就把这个艰巨的任务交给了杨铁汉和魏大河。两个人都是老兵了，可以说是身经百战，任务就责无旁贷地落到了他们的头上。

杨铁汉扮成村里的百姓，负责给炮楼里的鬼子送羊。炸药就背在他的身上，那是初冬季节，他在背着炸药的身上又穿了件老羊皮袄。他只赶了两只羊，另外一只村子里实在凑不齐了。魏大河则负责掩护和接应杨铁汉。

肖大队长对这次任务很重视，特地把县大队唯一的轻机枪让魏大河带上了。肖大队长把枪交给魏大河时，沉着脸说：大河，就是把命搭上，也不能扔下这挺枪啊！

魏大河知道，这挺机枪就是县大队的命根子。他接过机枪的一瞬，顿感心里和肩上都沉甸甸的。他清清嗓子，冲肖大队长说：大队长，放心吧，人在枪在。

结果，在那一次掩护杨铁汉的战斗中，魏大河还是把那挺轻机枪弄丢了。

为了缩小目标，县大队只派出了魏大河单枪匹马地掩护杨铁汉。

杨铁汉很顺利地走近了鬼子的炮楼。

炮楼上的伪军走下来，把两只羊拖拽着往炮楼里赶，炮楼里的鬼子也伸出脑袋，一脸兴奋地“哟西”“哟西”喊着。

杨铁汉见机会来了，甩手就扯开了身上的羊皮袄，用羊皮袄裹着炸药包，点燃了引线，奋力扔进了炮楼。

鬼子和伪军还没有反应过来，裹着炸药的羊皮袄就飞进了炮楼里。等他们明白过来，大叫一声，冲着杨铁汉跑开的身影，连连射击。

魏大河应战的枪声也响了起来，子弹有声有色地射向了炮楼。鬼子还是有些忌惮的，眼瞅着炮楼里的炸药还嗞嗞地冒着烟，心慌意乱的鬼子最终只射中了杨铁汉的腿。

杨铁汉“哎哟”一声，就扑倒了。身后的炮楼也轰然一声，炸响了。

鬼子的炮楼比想象的要坚固许多，炮楼在爆炸声中，摇了摇，却并没有倒下。

清醒过来的杨铁汉回望了一眼，就在心里骂道：日他娘。杨铁汉向前拼命爬去，他知道炮楼没倒，鬼子和伪军就会反扑过来。出于本能，他拼命地向前爬去，离炮楼远上一米，他就会安全一分。

果然，片刻过后，鬼子和伪军一边叫着，一边放着枪，从炮楼里冲了出来。

魏大河看到杨铁汉受伤，就一边向鬼子射击，一边冲他大喊：铁汉，快爬过来，快点呀！

如果魏大河机枪里的子弹充足，杨铁汉肯定能爬到安全地带，恰恰这时，魏大河射光了机枪里的子弹，机枪哑火了。趴在地上的鬼子和伪军“嗷嗷”叫着，站起身，追了上来。

魏大河扔下机枪向杨铁汉奔去。杨铁汉回头看一眼蜂拥而至的鬼子和伪军，冲奔过来的魏大河喊：大河，别管我，快抱着机枪撤。

魏大河没有听杨铁汉的喊叫，还是直奔过来，背起杨铁汉，没命地向前跑。子弹在他们身前身后飞跳着，发出噗噗噜噜的声音。

他们终于冲出了危险地带。鬼子并没有放心大胆地追过去，在炮楼里待惯了，一旦离开了炮楼，鬼子便感到不踏实。他们追了一气，胡乱地放了一阵枪，就回到了风雨飘摇的炮楼里。

魏大河把杨铁汉放到了地上，自己瘫坐在一边，张大嘴巴粗重地喘息着。直到这时，杨铁汉才想起那挺机枪，他挣扎着坐起来，喊了声：枪，枪呢？

魏大河伸手去摸，却并没有摸到枪，他“哎呀”一声大叫道：坏菜了，枪没带出来。

两个人你看看我，我看看你，都傻了似的坐在那里。

枪是不可能再回去找了，也许早就让鬼子收到了炮楼里。两个人张大嘴巴，面面相觑。最后，还是魏大河先反应过来，他背起杨铁汉，摇晃着向前走去。他们都知道，那挺机枪对县大队意味着什么，为缴获鬼子的这挺机枪，县大队有两个战士牺牲在那一次的战斗中。

后来，他们就遇到了接应他们的县大队。

这一次的任务完成得很失败，炮楼不但没有被炸掉，杨铁汉还负了伤，最重要的是，县大队的命根子还被弄丢了。

肖大队长红着眼睛，背着手，绕着魏大河转了好几圈。他忽然用拳头一下下地擂着自己的大腿，竟一句完整的话也说不出来。在缺枪少弹的县大队，一挺机枪意味着什么，所有的人都是清楚的。

肖大队长蹲在地上，眼里含了泪，拍着自己的腿说：魏大河呀魏大河，为了这挺机枪，王小胖和夏天来都牺牲了，那是多么好的战友啊！难道你都忘了吗？

魏大河当然没有忘记，王小胖还是他们排的战士哩。执行任务的那天早晨，王小胖还反复跟他讲头天夜里自己做的一个梦，他梦见他娘给他烙糖饼吃了，王小胖说起这个梦的时候，还不停地吸溜着口水。王小胖才十七岁，当兵还不到半年，为了掩护部队后撤，和夏天来一起牺牲了。

想起王小胖，魏大河就哭了，他低着头，哽咽着说：大队长，我错了。当时只顾着救铁汉，就把枪给忘了。大队长，你处分我吧。

魏大河的处分结果是，他不再是排长了，而成了一名普通的战士。

当杨铁汉得知这一处分决定时，他拐着腿，一把抓住了魏大河的手：大河，你这都是为了我，是我对不住你啊。

魏大河冲杨铁汉笑笑：枪咱们还会有的，可你杨铁汉的命只有一条。

两个人用力地抓着手，泪眼蒙眬地望着，瞬间，两个战友的心一下子贴得更近了。从那以后，两个人在县大队就成了无话不谈的朋友。

不久，在一次执行任务时，魏大河单枪匹马深入鬼子的驻地，奇迹般地夺回了一挺机枪。为此，魏大河立了功，将功折罪，他又当上了排长。

县大队的抗日斗争，让每一个人的人生都变得传奇、生动了起来。

最初，人们参加县大队凭的就是一腔热血，想着把鬼子赶出去，就可以过上太平的日子。有了太平日子，他们的生活也就有了奔头。可当他们参加了县大队后，才真切地意识到，抗日是一件持久的事。鬼子想长久地在中国驻扎下去，而抗日的力量则要彻底地把鬼子赶出中国，这就形成了不可调和的矛盾。有了这种势不两立的矛盾，便有了生生死死的战斗。

杨铁汉和魏大河在县大队算得上是老兵了，无数次地出生入死，让他们对死有了新的认识——世上最莫测的生死莫过于战争了。一秒钟前，人还活蹦乱跳的，转眼间，一个生命就烟消云散了。人的生命其实很轻，轻得能被一粒子弹瞬间击倒，就再也起不来了。

杨铁汉和魏大河也算得上是血性汉子，他们不是贪生怕死之人，如果怕死，当初也就不会参加县大队了。可每一次战斗结束，当危险又一次远离身边的时候，他们都感到了一阵阵的后怕，此时，他们无一例外地想到了自己的亲人。

每一次战斗下来，魏大河就会想起彩凤和儿子抗生。他入伍时，抗生才半岁，半岁的抗生已经会笑了，嘴里咿呀地吐出一些含混不清的声音。魏大河以前从没有如此近距离地看过这么小的生命，看着鲜活的儿子，就有一种潮乎乎的东西在心底里慢慢地弥漫开，堂堂的汉子就开始变得多愁善感起来。战斗一停下来，魏大河就不可遏止地想起自己的儿子抗生和老婆彩凤，心里就飘飘忽忽，无着无落起来。他使劲地去摸自己的头，然后将身子摸了个遍，才能感受到自己还真实地活着，心里就涌起了一缕希望。这份希望让他的心又一点点地变得坚强起来。

杨铁汉又何尝不是这样。他的老家在山东，父亲闯关东时把一家人带了出来。全家人从山东出发，刚走到河北，哥哥就染上了痢疾，上吐下泻，躺倒后就再也没有起来。后来，姐姐也不行了，她拉着母亲的手，气喘着冲全家人说：爹、娘，还有小弟，俺不想死，俺要活呀！想活的姐姐终于没有活下去，她又软又瘦的身子就硬在了母亲的怀里。饥荒让人们的心肠硬了起来，父亲抹一把泪，母亲用衣角擦了擦哭红的双眼后，草草地把姐姐埋了，就又去赶路了。那年的杨铁汉三岁，三岁的他坐在父亲的挑子上，冲着哥姐的坟头不停地哭喊着：俺要俺哥和俺姐——哥哥和姐姐却永远地躺在了逃荒的路上，他们再也不能追随爹娘了。

后来，一家人实在走不动了，就在冀中的一个庄子里停下脚，在山坡上开了几亩薄地，算是落户了。

杨铁汉参军时，父母的年纪一年大似一年，他们明显老了，老得地都种不动了，在地里干上一阵，就会无端地喘上半晌。二老有气无力地望着侍弄了大半辈子的土地，心有余而力不足，好在杨铁汉已经长成了大小伙子，成了父母唯一的帮手。父母立在田头，看着生龙活虎的杨铁汉，心里就生出了希望。父亲杨大山当初给儿子起“铁汉”这个名字时，就是希望他能像个男人似的在这个世界上生活，顶天立地。

在杨铁汉没有参加县大队前，父母为杨铁汉订了一门亲，是山前面一个庄子的姑娘，叫小菊。小菊比杨铁汉小一岁，是个孤儿，长得说不上漂亮，但能吃苦受罪，穷人的孩子早当家，炕上地下早就是一把好手了。小菊姑娘的父母也是从山东闯关东出来的，走到冀中时遇到了杨铁汉一家，就停了下来。都是从山东出来的，人不亲土还亲呢！这些年，杨铁汉的父母和小菊一家密切地来往着，两家人在艰难的日子里，多少也算有些照应。

天有不测风云，先是小菊的父亲得了一场说不清的急病，死了，剩下了孤儿寡母。小菊父亲临死前，拉着杨大山把一对孤儿寡母托付给了杨家。从那以后，杨家就承担起了照顾小菊母女的重任。两家人相依为命苦挨着岁月，如果不发生什么变故，日子也会顺风顺水地过下去。可谁也不曾想到，小菊的母亲竟吃野菜中了毒，在炕上昏睡了几天之后，也撒手离开了。杨家责无旁贷地收养了小菊，但这种收养却显得名不正、言不顺，在小菊父母还活着时，两家老人也曾在私下里商量过孩子的前程，那就是两家人要结成亲家，亲上加亲。也只有这样，两家人的情意才能绵延下去。那一年小菊十七，杨铁汉十八，按理说，这个年纪的孩子早该谈婚论嫁了，可就在这个节骨眼上，小菊的母亲也去了，剩下孤女小菊一人，杨家理所当然地就把小菊接进了杨家。杨大山一家为了不亏待小菊，还是比较正式地下了聘礼，算是定亲了。然后，小菊就进了杨家大门。那是一个夏天。

按照杨大山的计划，等秋天一过，收了地里的庄稼，年根前就把两个孩子的事给办了。没想到的是鬼子来了，杨大山的一切计划都被打乱了。

后来，就来了县大队，杨大山没有多么高的觉悟，他只知道，不把日本人从这个地面上赶出去，老百姓就休想过上好日子。他举双手赞成杨铁汉参加县大队。杨大山年轻的时候，也算是个有血性的汉子，曾赤手空拳地打死过野猪。

如果不是杨铁汉参加县大队，他早就和小菊圆房了，说不定孩子都会满地跑了。也正是因为鬼子的到来，一切都变了模样。

离开家的杨铁汉最记挂的还是自己的父母，当然，他也会想起小菊。想到父母有小菊的照料，他不安的心就稍安了一些。

那天晚上，杨铁汉和魏大河坐在战友的坟前，想到了许多和生死有关的问题。

魏大河哑着嗓子说：铁汉，死俺不怕，就怕俺死了，那娘儿俩就没人照顾了。

杨铁汉也说：那是，死有啥怕的。人早晚得有一死，俺也不放心俺爹娘。

魏大河在黑暗中伸过手，捉住了杨铁汉的手。杨铁汉发现魏大河的手湿乎乎的，还有些热，他的手就抖了一下。

铁汉，咱们是生死兄弟，要是俺也牺牲了，你就帮俺照顾他们娘儿俩，行不？

杨铁汉的手不抖了，他用力地回握住魏大河的手：大河，你救过我，我这命是你给的，说那些客气话干啥？以后要是你不在了，你的亲人就是我的亲人。

两个人的手就紧紧地握住了。魏大河在黑暗中已经潮湿了双眼，他也真心实意地说：铁汉，万一你牺牲了，你的爹娘也就是我的爹娘。

两人说到动情处，双双跪了下来，把自己的后事郑重地托付给了对方。

回到营地后，两个人又找来纸条，分别写下了亲人的姓名和地址。就在交换纸条的瞬间，他们才意识到手里的纸条变得很重，重得似乎没有力气把它托住。然后，他们又寻到空的子弹壳，将纸条小心地塞进去，放在贴身的衣服里。做完这一切时，两个人才感到一身轻松。

他们就紧紧地抱在了一起。魏大河拍打着杨铁汉的后背，亮着嗓门说：铁汉，好兄弟，这回我就放心了。

杨铁汉拥抱魏大河时就用了些力气，他猛力地点点头，忽然就哽了声音：大河，俺爹娘以后也算有依靠了。

两个人再抬起头时，一轮硕大的圆月正明晃晃地挂在天上，像在倾听着他们的对话。

杨铁汉慢慢收回目光，表情凝重地盯着魏大河说：大河兄弟，天上的月亮可以为咱俩做证。

魏大河又一次仰起了头，冲着那轮明月道：月亮做证，男人的话，就是铁板钉钉的事。

说完，两个人都流下了泪水。

诺　言

自从两个人有了这样的约定后，杨铁汉和魏大河似乎一下子挪走了心里的一座大山，浑身上下顿时轻松起来。

一次，县大队在转移时路过小南庄，小南庄正是杨铁汉的家。县大队在庄外休整了两个小时，杨铁汉就带着魏大河回了一趟家。

杨铁汉的家还是那个家，两间小草房寂寞地立在村旁。

杨铁汉越走近这个家，心里就越发不是个滋味。以前，这个家充满了生气，房前屋后晾晒着各种粮食，门梁上挂着一串串红艳艳的辣椒，可自从来了日本人，老百姓的生活如同惊弓之鸟，人也三天两头地躲到山里。日子从此变得乱七八糟，人心惶惶。

县大队的行动也随着鬼子神出鬼没的，队伍经常会路过小南庄，每次经过时，只要时间允许，杨铁汉就会回去看一看，陪父母说句话，看一眼小菊。即便没时间在家里吃顿饭，哪怕喝上一口水，他的心里也是幸福和踏实的。

这一次，当魏大河知道杨铁汉要回去看望父母时，也不由分说地跟上了。在这之前，杨铁汉无数次地向他提过自己的父母和小菊，在魏大河的心里，杨铁汉的父母他已经很熟悉了，如同自己的家人。和杨铁汉聊天的时候，他也张口闭口地跟着铁汉咱爹咱娘地喊，就是说起小菊时，他也会用咱妹来称呼。当然，在杨铁汉的心里，也早已把李彩凤和抗生当成了自己的亲人。两个人再说起双方家人时，在情感上仿佛就又近了一层，无形中，他们都把对方的亲人悄悄地揣在了自己的心里。

杨铁汉走在前面，魏大河跟在后面，很快就望见了庄口那两间小草房。魏大河问道：这就是咱爹咱娘的家呀？

杨铁汉的鼻子有些发酸。当年，就在要娶小菊进门时，爹娘就计划要把两间草房翻盖一下，变成三间。可惜的是，爹娘的愿望还没等实现，鬼子就来了。一切就全被打乱了。

当杨铁汉和魏大河出现在家门口时，杨铁汉一连喊了几声，门才被打开。开门的是小菊，她打量着杨铁汉和魏大河，好一会儿才惊喜地喊出来：哥，是你？

这么多年了，小菊一直这么喊着杨铁汉，就是进了杨家的门，她也没有改口。

这时候，母亲慢慢从屋里走了出来，见到杨铁汉她就哭了。她拉着杨铁汉的手呜咽着说：铁汉，你可回来了，你爹病了。

杨铁汉走进里屋，才看见炕上躺着的父亲。父亲显得很苍老，他一生的精力都花在了一家人的身上，现在老了，终于没有了气力，有个风吹草动，身体就再也坚持不住了。他躺在炕上不停地喘着。

杨铁汉的回来，还是给一家人带来了生机。母亲和小菊忙着做饭，杨铁汉和魏大河陪躺在炕上的父亲说话。父亲看到儿子和他的战友时，似乎病就轻松了许多，他撑着身体从炕上慢慢坐了起来，打听着县大队的事。一提起鬼子，父亲杨大山就恨得牙根痒痒，他气喘着说：铁汉啊，小鬼子太不是东西了，他们又抢又杀的。你是个男人，就要扛枪打鬼子。家里不用惦记着，只有把小鬼子赶走了，咱的日子才能过下去。

杨大山说到这里，已经上气不接下气了。魏大河忙安慰着杨大山：大叔，你别动气，别伤了身子。你放心，有我们县大队在一天，就不让鬼子安生一天，我们迟早要把鬼子从中国赶出去。

杨大山听了，慢慢地向魏大河伸出了手，冰冰凉凉地握着。从魏大河走进屋里，杨大山就喜欢上了魏大河，他从魏大河的身上看到了一股男人的豪气。他抓住魏大河的手，停顿了一会儿，才说：大河呀，叔老了，身体不行了，要是时光倒退个十年八载的，叔就跟你们一起去扛枪，杀鬼子去。

魏大河听了，用力地握了握杨大山的手，掷地有声地说：放心吧，叔，把日本鬼子赶走那是迟早的事。

母亲和小菊很快就把饭做好了。青黄不接的季节，又有鬼子一次次的扫荡，每个庄户人家差不多都是家徒四壁，端上桌的也只有一锅稀薄的粥了。杨铁汉和魏大河蹲在地上就吸吸溜溜地喝起了粥。

两个人放下碗，小菊就又要给他们盛粥，魏大河就说：不用了，吃好了。说完，他抬起头，认真地看了一眼小菊。小菊正是唇红齿白的年龄，怎么看都很受用，魏大河看了一眼小菊，又看了一眼，不知怎么的，他发现眼前的小菊和李彩凤竟然有几分相像，但究竟像在哪里，他又说不出来。总之，一看见小菊，他就想到了彩凤，心里暖暖的，平添了几分亲近感。

告别的时候，杨铁汉从怀里掏出钱递给了母亲，他拉着母亲的手说：娘，让小菊给爹抓点药吧。

这是杨铁汉这几个月的津贴费，在县大队里钱没有更多的用场，他每次都攒起来，带给家里。

魏大河也从怀里拿出钱，趁没人注意，塞到了杨大山的枕头下，但还是被杨大山发现了，他努力地欠起身子，不住地说：孩子，这可不成，你也有家人，这钱还是捎给家里吧。

魏大河赶忙解释说：大叔，我家在城里，回不去。这钱放在我身上也没啥用，您就留下吧。

杨铁汉也想冲魏大河说两句什么，张张嘴，看到魏大河投过来的目光，把到了嘴边的话又咽了回去。杨铁汉知道魏大河的目光意味着什么，他们已经把对方的后事都做了交代，两个人已是不分彼此了，但这话又不能当着家人的面说出来。

杨铁汉终于冲父亲挥挥手说：爹，大河给您老的钱跟我给您的一样，您就拿着吧。

他又回过头，冲母亲和小菊叮嘱道：记住了，大河是我在县大队最好的兄弟，以后这个家也就是大河的家。

一家人并没有理解杨铁汉这句话真正的含义，但还是很受感动，他们都是老实巴交的庄户人，只知道用自己的真诚和实在去表达情感。当下，杨铁汉的母亲就红了眼睛：孩子，那你可记下了，这儿不光是铁汉的家，也是你的家，有啥难处就回家来。

魏大河从小就是孤儿，爹娘的温情只停留在遥远的记忆深处。到了杨铁汉家，虽然停留的时间很短，但仍让他感受到了家的温暖。他心里一热，双膝就跪倒在两位老人的面前，热热地叫了一声：叔，婶儿，你们以后就是我的亲爹娘。

杨铁汉的母亲赶紧把魏大河扶了起来，泪眼蒙眬地望着他，一迭声地唤着“孩子”。

一旁的杨铁汉和小菊也是两眼潮湿，那一刻，杨铁汉便在心里暗暗发誓，魏大河的亲人也就是自己的亲人。尽管李彩凤和抗生他至今还没有见上一面。

杨大山缓缓地从炕上爬起来，坚持着要把两个孩子送到门口。

两位老人倚在门前，一直冲杨铁汉和魏大河挥着手。直到两个人离开家门有一段距离了，才发现小菊仍然跟着他们。

魏大河回头冲小菊笑一笑，对杨铁汉说：铁汉，我在前面等你。

说着，魏大河拔腿快步向前走去。

杨铁汉立住脚，望着身后的小菊，竟忽然觉得眼前的小菊既熟悉又陌生，现在的小菊已经不是几年前的黄毛丫头了，她现在正娉婷地站在那里，让杨铁汉的心一阵“砰砰”地跳个不停。面对小菊，他竟有些口干舌燥，在狠狠地咽了口唾液后，终于说：家里的事情就交给你，让你受累了。

小菊早已红了脸，低垂着头，不敢再去看他。

杨铁汉盯着小菊的脑瓜儿顶又说：我有空还会回来看你们，等把小鬼子打跑就好了。到那时，我就回来和你们一起过日子。

小菊听了这话，红着脸飞快地抬了一下头，她的目光只和杨铁汉对视了一下，就慌慌地移开了。她的目光很快就落在杨铁汉的肩上，那里正好破了个洞，她伸出手一边去摸那个洞，一边喃喃着：等下次你回来，我把这个洞给你补上。

两个人很近地站在那里，杨铁汉似乎嗅到了小菊头发上的气息，他就多了份冲动，伸出胳膊，结结实实地把小菊揽在怀里，用力地抱了一下。他听到怀里的小菊轻叹了一声，就很快地松开了她。两个人又一次紧紧地凝视着对方。

小菊终于垂下了头，低声地说：铁汉哥，俺想你，天天盼你回来。

杨铁汉喘着粗气道：我会回来的。小菊，这个家就交给你了。

说完，杨铁汉一转身就腾腾地走了。走了一程，他回了一次头，见小菊仍立在黄昏里，他似乎看到了小菊满脸的泪痕。他冲她招了招手后，就硬下心肠，再也没有回过头去。

那天，走在路上的杨铁汉和魏大河就有了如下的对话——

魏大河说：铁汉，你有一对好爹娘啊。

杨铁汉看了一眼走在身边的魏大河道：他们是我的爹娘，也是你的爹娘。

魏大河还说：小菊人不错，等赶走了鬼子，你一定要娶她。

杨铁汉点点头道：别忘了，她也是你妹子。

魏大河又说：这话不用你说，在我心里，你们一家人都是我的亲人。

杨铁汉抬起头，扭脸冲向魏大河，声音很大地说：李彩凤和抗生也是我的亲人。

两个人几乎同时立住脚，伸出了手。两个男人此时被一种特别的情绪包围着，动了感情。魏大河用拳头捣了一下杨铁汉：铁汉，有你这个兄弟，以后我就放心了。

杨铁汉也回捣了魏大河一拳，呵呵地笑了起来。

鬼子又一次扫荡时，县大队打了一场阻击战。杨铁汉和魏大河谁也没有料到，这场战斗竟成了他们的永别。

鬼子开始扫荡的时候，县大队的野战医院正在转移。野战医院不像部队，说走就走，有伤员不说，还有一些医疗用品，行动起来就麻烦了许多。野战医院设在一个山坳里，平时没有要紧的事医院也不会轻易搬家。以前鬼子扫荡都是在平原，说是扫荡，其实就是出来抢东西。县城里的鬼子和伪军每天要吃要喝的，日本人的供给也很有限，他们便隔三岔五走下炮楼，走出城门，去抢些东西回来。每到这个时候，也正是县大队出击打鬼子的时机，平时鬼子都龟缩在城里的炮楼里，县大队这些鸟枪火炮无论如何也难以对鬼子构成威胁，只能是做一些小小的骚扰，用这样的形式，向日本人证明抗日力量的存在。而鬼子一旦走出炮楼，走出城门，县大队便有机可乘，他们利用熟悉的地形，声东击西，每一次的游击战都会有所斩获——缴获几支枪是肯定的，有时甚至还能捞上一门小炮什么的。县大队的弹药大部分都是通过这样的战斗获取的。

县大队的存在，的确令城里的鬼子感到头痛，鬼子在筹划扫荡时是下了决心的，他们不仅出来搞掠夺，还要给县大队一些颜色看看。按照鬼子的计划，是想一举消灭县大队，以除后患。

鬼子先是扫荡了村庄，接着又对山里进行了清剿。

鬼子出现在山坳里是在一天的中午。

鬼子来得很突然。昨天，县大队刚打了一场伏击战，战斗中又有两个战士挂了彩，伤员正在医院里养伤时，鬼子就出来了。

野战医院目标大，想藏是藏不住的，没有别的办法，只能搬家。为了给野战医院留出足够的时间撤退，杨铁汉和魏大河的两个排接受了阻击敌人的命令。

两个人各自带着战士，匆匆地进入了阵地。他们还没来得及喘口气，鬼子和伪军便呈扇面状向他们包围过来。魏大河看了一眼杨铁汉，两人对望一眼，杨铁汉就说了：兄弟，没有退路了，打吧。

两个人手里的枪就响了，紧接着，战士们手里的枪也爆竹似的响了起来。

伪军和鬼子在最初一瞬受了惊吓，他们没想到在这里会和县大队正面交手。以前的县大队可不是这样的打法，他们声东击西，能打就打，不能打就跑。现在，县大队摆开了阵势，在正面和鬼子打了起来，这还是第一次。很快，稳住阵脚的鬼子和伪军，便认为可以抓到一条大鱼了。他们整理好队形，兴奋地向县大队的阵地扑了过来。

鬼子历来的战术是先打炮，后冲锋，这次也不例外。县大队的战士可以说是身经百战，对鬼子的炮一点儿也不感到害怕。听着鬼子炮弹的啸叫，该躲就躲，该卧倒就卧倒。鬼子的炮弹零零碎碎地在阵地上爆炸了，这样的轰炸，并没有给杨铁汉和魏大河造成什么样的伤害。

鬼子终于开始了冲锋，枪声顿时响成了一团，猛烈得像刮过一阵狂风暴雨。

县大队两个排的兵力加在一起也不过三四十人，面对上百名的伪军和上百名的鬼子，战斗的惨烈便可想而知了。

敌人一度冲上了县大队的阵地，杨铁汉和魏大河带领战士们端着刺刀冲上去，和鬼子展开了一场白刃战，终于把鬼子的又一轮冲锋压制了下去。身后的医院已经用最快的速度转移了出去，但他们还要牵制敌人一段时间，以确保伤员的安全。

又一轮冲锋到来的时候，魏大河已经杀红了眼，他抱起一挺机枪，骂着鬼子，挺身站了起来。鬼子和伪军在一阵猛烈的扫射下，倒下了几个。也就是这个时候，魏大河的身体中弹了，像被人当场打了两拳似的动了两下，就一屁股跌在了地上。此时，他怀里仍然抱着那挺机枪，胸前殷红一片。

杨铁汉眼见着魏大河倒下了，他扔出一颗手榴弹后，奔了过来。他把魏大河抱在怀里，摇晃着喊：兄弟，兄弟——

魏大河此时的样子很平静，他从喉咙里往外挤着说：真是应……应了那句老话了，好汉难免……阵前亡。

说完，他抖着手从怀里摸出了子弹壳，脸上勉强地挤出一丝笑。他张张嘴想说，却被一阵巨大的疼痛遏住了，接连喘出几口气后，才气弱游丝地说下去：兄弟，我的诺言是完不成了，就看你了——

清醒过来的杨铁汉，喊来两个战士，命令他们不惜一切代价，背上魏大河去追赶撤退的医院。

战士背着魏大河撤出阵地时，魏大河伸出了一只手，似乎是想和杨铁汉招招手。手刚伸出来，又无力地垂下了。魏大河眼睁睁地看着杨铁汉抱起那挺自己用过的机枪，冲上了阵地。

杨铁汉带着战士们撤出阵地，与大部队会合的时候，魏大河已经牺牲了。他的伤太重了，两粒子弹洞穿了他的胸膛。魏大河死去的样子并不安详，他的一只手微微向前伸着，眼睛圆睁着，嘴巴也张着，他似乎有话要说，还没有说出来，便咽下了最后一口气。

杨铁汉站在魏大河的面前，绕着遗体走了一圈又一圈，最后就蹲在了那里。许多干部、战士也都表情凝重地站立在周围，肖大队长显出很激动也很悲伤的样子，他搓着手，拍着腿，一遍遍地说：大河身经百战哪，咋就在这小河沟里翻了船？我们县大队失去了一员猛将啊！

肖大队长说到这儿，眼圈就红了。

最后，刘政委总结性地说：魏大河同志是我们八路军和县大队的优秀干部，他的牺牲给我们带来了很大的损失。

杨铁汉知道，刘政委的话已经给魏大河做了盖棺论定，接下来就要将魏大河掩埋了。从此，一个土丘就隔开了阴阳两界。

杨铁汉这时抬起头，冲肖大队长和刘政委说：大队长、政委，请你们回避一下，我有几句话要对大河说。你们看见了吧，他的眼睛还没闭上哩。

杨铁汉说这话时，眼泪已经下来了。县大队的人都知道，平时杨铁汉和魏大河的关系最好。现在，杨铁汉要向他最亲的兄弟作最后的告别，众人回避一下也是应该的。

肖大队长走过来，拍一拍杨铁汉的肩膀，转身走了。接下来，刘政委和众人也都自动离开，只剩下杨铁汉和魏大河了。

杨铁汉“扑通”一声，跪在了魏大河面前，他拉住了魏大河微伸出的那只手。此刻，那只手已经冰凉，一股凉意直抵杨铁汉的心里，他的身子抖了一下：大河，我是铁汉。

说完，他腾出一只手，抹了一把脸上的泪。

他又说：大河兄弟，我们的诺言我不会忘记，彩凤和抗生就是我的亲人，我吃干的，就决不让他娘儿俩喝稀的。

说到这儿，他从怀里掏出那枚弹壳，伸到魏大河的面前：大河你看看，我们的诺言都在这里装着呢，你就放心地去吧。兄弟，你救过我，我一辈子都不会忘。以后，我就是彩凤的哥，是抗生的爹。大河，你听到我说的话了吗？你该闭上眼了。

魏大河的眼睛仍然那么空洞地睁着。

杨铁汉伸出一只手，在魏大河已经冰凉的脸上抹了一把。魏大河的眼睛终于合上了。

他又拍了一下魏大河伸出的手，那只手也放下了。

这时，杨铁汉的鼻涕、眼泪都下来了，他扑在魏大河的身上，号啕大哭起来。一边哭，一边喊着：大河，我的好兄弟，你就安心地走吧。

天陡然就黑了。

那天晚上，杨铁汉在魏大河的坟前坐了许久。他想到前些日子，两个人才立下的诺言，仿佛就是昨天发生的事——那一晚，他们也是这么坐在战友的坟前。他还想到了那次和魏大河一起回家时，大河就已经把他的爹娘和小菊当成了自己的亲人。他从来没有见过大河的妻子彩凤，也没见过抗生，但在大河一次次的描述中，彩凤和抗生在他的心里正一点点地清晰起来，仿佛他们就站在他面前，用热切的目光望着他，让他感到肩上的担子变得沉重起来，他喃喃自语着：彩凤、抗生，你们以后就是我杨铁汉的亲人了。

杨铁汉又一次流下了热泪，他唏嘘着，感叹着。魏大河和他朝夕相处的往事，一幕幕地在他眼前闪过。

后来，他哽着声音冲躺在坟地里的魏大河又说了一番话：大河兄弟，杨铁汉是个男人，说过的话就要兑现，你就安心在这里歇着吧。等不打仗了，我就领着彩凤和抗生来看你。

夜色中，他慢慢站起身，举起了右手，向躺在那里的魏大河敬了个礼。然后，转过身，一步两回头地走了。

他走出几步，似乎清楚地听到魏大河长长地叹了口气。他立住脚，半张着嘴，眼泪又一次热热地涌出，他回过头，喃喃着：大河兄弟，我说的话你都听清了？听清就好，你放心吧。等不打仗了，我就来看你。那我就走了，大河兄弟。

这一次，他真的走了，再没有回过头去。

魏大河牺牲了，杨铁汉的心似乎一下子被掏空了。他开始变得寡言少语，没事就卷烟吸，深一口、浅一口，让或浓或淡的烟雾把自己包裹起来。他想自己，也想魏大河，想起魏大河时，他就会想起李彩凤和抗生。

彩凤和抗生住在城里。城里已经被日本人占据了，彩凤和抗生就生活在水深火热中，他不知道他们现在过得好不好。他们还不知道魏大河已经牺牲了，说不定，他们还在眼巴巴地盼着大河回家呢。一想到这儿，杨铁汉的心就一跳一跳的，一种隐隐的痛慢慢在心底里弥漫开来。

杨铁汉这些反常的举动，引起了肖大队长和刘政委的注意，他们分别找他谈话。

肖大队长说：铁汉哪，我知道你和大河的关系很好，但大河牺牲了，人死不能复生，你还要振作起来，拿出勇气和狠劲，替大河把小鬼子赶出中国。

杨铁汉冲肖大队长点点头。

刘政委也来找杨铁汉做思想工作。刘政委亲切地说：铁汉，你和魏大河都是县大队的中坚力量，大河牺牲了，我们也心痛。我们要化悲痛为力量，听党的指挥，在八路军的领导下，把鬼子赶出中国。我们目前的形势是这样……

刘政委是做思想政治工作的，他说话总是一套一套的，让人听了清晰明了，从县里讲到省里，又从省里说到延安，再说到国外反法西斯的国际形势，未来就在杨铁汉的眼里变得充满了希望。

杨铁汉听完刘政委的话，又深吸了一口烟，然后闷声闷气地作了表态：放心吧，政委，县大队就是我的家，我服从组织，一切行动听指挥。

刘政委就重重地拍了拍杨铁汉的肩膀。

不论谁做工作，杨铁汉的心事是少不了的。只要一有空闲，他就会想起魏大河留下的孤儿寡母，担心他们饿了、冷了。想起这些，杨铁汉的心里就阴晴雨雪的不是个滋味。

任　务

自从魏大河牺牲后，杨铁汉的心里除了悲伤和空落，还多了长长的牵挂。那是对李彩凤和抗生母子的惦念。仿佛他们就是自己的亲人，甚至比亲人还要亲。通过魏大河喋喋不休的讲述，杨铁汉在心里似乎已经熟识他们很久了——彩凤有着一双黑亮的眼睛，人很白，柔柔弱弱的样子。他还知道，彩凤只比自己小一岁。魏大河在向他讲那娘儿俩时，他已经把彩凤当成了妹妹，把抗生当成了自己的亲外甥。

杨铁汉一想起彩凤和抗生，心里就沉甸甸的，同时，一种亲切而柔软的东西也从心底里流出来，像三月的阳光，温暖又适意。

有几次，县大队执行任务去城郊骚扰。杨铁汉和战友们静静地埋伏在那里，隔着不远的城墙，他似乎看到了彩凤和抗生。他知道，他们就住在城里的某个角落，开着一间小杂货店，卖些烟酒糖茶和针头线脑。此刻，他离他们很近，却又看不到他们，当骚扰任务完成后，队伍往回撤时，他的心里一阵发空，一种莫名的情绪笼罩上来。

县大队偶尔也有进城的时候，比如侦察城里的鬼子和伪军的布防、熟悉地形等。这样的任务不多，毕竟风险很大，以前曾经有过这样的任务，都是魏大河带着一两个战士去完成的。魏大河家在城里，他对那里的地形很清楚。

魏大河进城执行任务时，也曾偷偷地回家看过彩凤和抗生。回来后的魏大河是幸福的，他两眼放着光，一边说，一边用手比画着：我儿子都这么高了，他都认不出我了。我参军时，他还躺在床上，现在都能满地跑了。一次，魏大河从城里执行任务回来时，带回了一包卤肉和一瓶酒。夜半时分，魏大河把杨铁汉叫醒，两个人坐在一棵树下，一边喝酒，一边吃起来。魏大河似乎还没有从和亲人相见的喜悦中走出来，他面红耳赤地絮叨着。杨铁汉一边羡慕地听着，一边插嘴道：大河，你有个好老婆，也有个好儿子。

突然，魏大河就哭了。杨铁汉一怔，不知发生了什么，他不解地望着魏大河。

魏大河呜咽着，嘴里含混不清地说：我儿子都不认识我了，他管我叫叔叔，就为这，我还打了他一巴掌。我走的时候，儿子还在哭哪。

杨铁汉听了，心里也不好受，却不知该怎么去劝伤心的魏大河。好半晌，才憋出一句：孩子小，不懂事。

魏大河抹了一把脸上的泪，又喝了一口酒，长叹道：唉，我不怪他。我离开他时，他还只会躺着，还只会冲我笑。

杨铁汉看了眼魏大河，故作轻松地说：等城里的鬼子被咱们赶走了，你就可以回家安心过日子了。

魏大河的情绪似乎缓了过来，也一脸神往地说：那我就天天带着儿子去护城河里抓青蛙，去南城逮蝈蝈。这小子可淘了，不过也怪好玩儿的。

说到这儿，魏大河脸上的表情也一点点地幸福起来。

杨铁汉还没来得及有自己的儿子，如果不是日本人来，说不定自己和小菊也有了孩子。看着魏大河一脸幸福的样子，杨铁汉也迫不及待地幻想起来：大河，等我也有了儿子，就让他们哥儿俩一起玩儿。到时候让抗生到乡下住一阵子，乡下比城里好玩，抗生一定会喜欢。

魏大河的情绪高涨起来，他猛地喝了一口酒，把酒瓶子递到杨铁汉的手上，搓着手说：铁汉，会有那一天的。你干脆现在就和小菊成家，说不定等把日本鬼子赶走时，你的孩子也满地跑了。

关于小菊的问题，杨铁汉也在心里无数次地想过，父母也跟他提起过。他参加县大队并不影响他和小菊成亲，县大队三天两头地路过小南庄，小南庄现在已经是县大队很重要的根据地了。小菊就在庄里的妇救会工作，组织一些妇女，做一些为县大队筹粮等具体的事情。可每一次想起小菊时，杨铁汉的心情就变得复杂起来。他和小菊从小就认识，可以说是青梅竹马。小菊的父母去世后，小菊别无选择地来到了杨家。他比小菊大两岁，在心里早已经把她当成了自家人。如果不是日本人来了，他们早就圆房成亲了。

他每次路过小南庄，回家看望父母和小菊时，母亲总要把他拉到一边，上下左右仔细地把他看一遍，这才放下心来，接着又叹着气说：铁汉哪，你也老大不小了，小菊也不小了，你们该成亲了。

他就劝慰着母亲：娘，我这不是参加县大队了嘛，天天行军打仗的，哪顾得上结婚呢。

母亲一脸忧虑地又把他看了一遍，才说：娘知道，县大队见天和鬼子打仗，枪子儿可不长眼，万一你有啥好歹，咱家连个后人都没有留下。

听了母亲的话，杨铁汉的心里忽悠地沉了一下，他最担心的也就是这个。他不是不想结婚，他早在心里把小菊当成了自家人，可成亲了，有了孩子，如果他牺牲了，就会给小菊留下许多负担。这种负担怎么能让一个女人去承担呢？想到这些，他已经有些动摇的心就坚定了起来。看着母亲忧心忡忡的样子，他认真地冲母亲撂下一句话：娘，你放心，等把小鬼子赶走了，我一准娶小菊，然后给你生一大群孙子。

母亲听了他的话，咧了咧嘴，就又哭开了。她已经听儿子说过很多次这样的话了，可鬼子又何时能被赶走呢？见他这么说了，当母亲的也不好再说什么，只能怀着一颗惴惴不安的心送走了儿子。

每次离开家时，小菊也都会送上一程，这是他们唯一能够单独相处的机会。刚开始，他在前面走，小菊跟在后面。走出小南庄，两个人就并排着走了。

这时，他清清嗓子，深深地看上小菊一眼，说：小菊，这个家就交给你了。

小菊就垂下了头：铁汉哥，你别这么说，这都是我应该做的。

他干咳了一声，若有所思地点点头，又说：爹娘年纪都大了，我照顾不了他们，让你费心了。

小菊这时抬起头，望了眼他：哥，你放心，他们既是你的爹娘，也是我的爹娘。不管你以后咋样，我都会为他们养老送终。

他听了这话，就立住脚，认真地看着小菊，心里就有一种热热的东西涌了出来。他的喉头有些发紧。他知道，小菊是个善良的姑娘，此时他不得不在心里对自己说：如果赶走小鬼子，我还能活着，就一定娶了小菊，让她过上好日子。

这么想过后，他冲小菊咧嘴笑了一下：小菊，别再送了。我走了。

说完，他甩开大步向前走去。

哥，打仗时小心些，枪子儿可不长眼哪——

他立住脚，转过头，回望小菊一眼，笑笑说：我知道。回吧，小菊——

小菊又说：妇救会在给你们做鞋哩，让你们在入冬前一定都能穿上棉鞋。

他又冲小菊笑了笑，就再也没有回头。

小菊天长地久地立在那里，直到再也望不到他的身影。

这就是杨铁汉心里的小菊。一提到小菊，他的心里就有些发软，这让杨铁汉这个男人的心肠也脆弱了起来。

魏大河牺牲了，他的心里就多了份惦念和牵挂，沉甸甸地装在心里。他一直期盼着有机会进城里，去看一眼彩凤和抗生，哪怕就是一眼，他的心里也会踏实一些。

在牵挂和难挨的等待中，这样的机会终于来了。县大队决定摸清城里鬼子的换岗情况，几天前城里走了一拨鬼子，又来了一拨，县大队为了解鬼子的动向，准备派人去城里摸清情况。杨铁汉主动请缨，领受了任务。他带着一名战士，在肖大队长和刘政委的叮咛下，上路进城了。

杨铁汉和战友化装成卖菜的农民，肩上挑着两担菜，顺利地进了城。卖菜并不是他们的任务，查明鬼子在城里的布防才是他们的目的。一进城，杨铁汉担着菜直奔伪军的兵营，他已经了解到，菜贩通常都是直接把菜担到兵营门口等着。果然，那里已经有两个农民担着菜等在那儿了。

不一会儿，一个伙夫打扮的伪军就从营门里走了出来。

杨铁汉见机会来了，便和另外两个农民一起拥过去，嘴里喊着：老总，买我的吧，我的新鲜，今早刚从地里摘的。

伙夫很不耐烦地挥着手：吵什么吵，再吵谁的我也不要了。

杨铁汉和那两个农民都噤了声，讨好地看着伙夫。

伙夫先看了人，又看了菜，仔仔细细地看了，一挥手道：都给我挑进去吧。

两个农民一听乐了，麻溜地跑进了兵营，似乎晚一步，伙夫就变卦了。

杨铁汉尾随着伙夫，不慌不忙地向前走，一边走，一边搭讪着：老总，今天咋用这么多菜，是哪个老总过生日，要摆宴席呀？

伙夫头也不回地说：你瞎了眼啦，没见皇军又来了两个小队吗？

伙夫说到这儿，自知说漏了嘴，忙瞪起了眼睛：你个卖菜的，瞎打听什么。

杨铁汉心里有了数，忙赔着笑：该死，我不该乱问，老总您别生气。

完成了任务的杨铁汉心里一阵轻松，这时，他就自然地想到了城里的彩凤和抗生，这次他把进城的任务争到手，主要目的就是想去看看彩凤和抗生。

县城不大，魏大河家的地址他早已烂熟于心，没费多大力气，他就找到了城南振兴街的振兴杂货铺。

远远地看着铺子，他的心就“砰砰”地一阵猛跳，不知是兴奋还是紧张。他先是看见杂货铺的门前，一个长得虎头虎脑的小孩，正蹲在那里玩儿。他走过去，站在孩子身边，孩子就抬起了头。

你是抗生吧？他小心地问。

抗生警惕地望着他：你怎么知道我的名字，我不认识你呀。

说完，抗生冲杂货铺里喊了声“妈”，就跑了进去。

他走进杂货铺。彩凤正在擦拭货架上的东西，见有人来了，忙放下手里的东西，招呼着：这位先生您买点儿什么？

杨铁汉站在柜台前，仔细地看了一眼彩凤，又看了一眼躲在彩凤身后的抗生，心里有些发酸。此时，母子二人还不知道大河牺牲的消息，想到这儿，眼眶一阵酸胀。他怕彩凤看出什么来，忙掩饰着挠挠头。这时候，抗生从彩凤的身后探出了脑袋，他冲抗生笑一笑：抗生，几岁了？

抗生“嗖”地把头缩了回去：我不认识你，你是谁啊？

彩凤也用疑惑的目光望着他。

他回头向街上看了一眼，见四周无人，压低声音道：你叫李彩凤，我知道你。我是大河的战友，我叫杨铁汉。

彩凤这时才轻呼出一口气，她也压低了声音问：执行任务吗？大河怎么没来？

大河执行别的任务了，他让我来看看你们娘儿俩。

这位大哥，还没吃饭吧？我这就给你做去。

彩凤说完，就要把店门关上。

杨铁汉制止了彩凤，把卖菜的钱拿出来，放在柜台上：这是大河让我捎来的。看到你们母子都好，大河也就放心了。

杨铁汉知道自己该走了，如果不走，他怕自己会哭出来。想到这儿，他转身走了出去。

等等——

彩凤在他身后喊了一声。

他停住脚，站在那里。

彩凤拿了一瓶酒塞到杨铁汉的怀里：这个给大河带回去，他就爱喝上一口。

杨铁汉站在那里，接也不是，不接也不是。最后，他还是接过来，转身快步离开了杂货铺。他不敢扭过头去和彩凤告别，生怕含在眼里的泪会掉下来。

彩凤在他身后喊着：大哥，你给大河带个信儿，我们不用他惦记着。

哎——

他闷声应着，逃也似的离开了振兴杂货铺。

杨铁汉回到县大队，向领导汇报完侦察到的情况后，脑子里就一遍遍地回放着见到彩凤母子时的情景。想起那对母子，他就想到了魏大河，以及魏大河的托付。杨铁汉的心从此开始变得不平静起来。

那天夜里，他走了十几里的山路，到了魏大河的坟前，他把那瓶酒也带来了。

坐在魏大河的坟前，竟恍惚觉得大河根本就没有离开过他。他打开酒瓶，先往地上倒了一些，然后自己也喝了一口。

他看着地上的酒液慢慢地渗透到土里，才哀哀地说：大河兄弟，我来看你来了。这酒就是彩凤让我带给你的，你也喝一口。

在这月暗星疏的夜晚，他的声音越发显得悲凉。一阵风“飕”地吹过来，他的身子不由得抖了一下。

他又举起酒瓶，喝了几口，接着说：兄弟，今天我进城了，也见到他娘儿俩了，他们都好，你放心吧。

说完，他又喝了一口酒，这时候，他的眼泪就下来了。他已经有了一些酒意。靠在大河的坟上，他忽然觉得此时的大河离自己很近，过了半晌，他很响地拍着胸脯冲大河说：大河兄弟，你托付给我的事我没忘，我记着哪。我还是那句话，以后有我吃干的，就决不让他娘儿俩喝稀的。大河，你听到了吗？

说着，他转过身来，用胸脯贴住了大河的坟头，仿佛抱住了大河一样。两个人就像从前那样，亲亲热热地抱在了一起。

大河啊，你就放心吧，有我在，我决不会委屈了他娘儿俩。你踏踏实实地在这里好生歇着，等打跑了鬼子，我就接你回家。

最后，他把剩下的半瓶酒都洒在了魏大河的坟前。

走出两步后，他又停了下来，转过身，冲魏大河敬了个礼，才摇摇晃晃地走了。

在没有见到彩凤母子时，彩凤和抗生在杨铁汉的脑海里是抽象的，就像符号。可自从见到了彩凤和抗生，生动具体的两个人就不可遏止地闯进了他的心里，惦念和牵挂也变得越发悠远和绵长。

从那以后，不知在什么时候，他冷不丁地就会想起那娘儿俩，心里就“砰砰”地乱跳上一阵。就是在梦里，那对母子也偶有造访，冷不丁地惊醒后，就再也睡不着了，彩凤和抗生就活生生地立在他的面前，静静地望着他。不知为什么，他的眼泪就又流了出来，他在心里说：彩凤、抗生，你们等着，等把日本人赶走了，我就进城去照顾你们。

杨铁汉冥冥之中感到这一切就是老天的安排，正是血气方刚的他按理是不该信什么命的，但在彩凤娘儿俩的问题上，他竟觉得自己逃脱不了该有的命运。

接下来的日子里，他的心思就再也没有离开过城里的彩凤和抗生。他一直在寻找着再一次进城的机会。

机会就这样鬼使神差地又一次来了，也就是这一次，彻底地改变了杨铁汉的人生命运。

这天，县大队正在杨家庄休整待命，肖大队长神秘地把杨铁汉叫到了大队部。说是县大队部，其实就是普通的一间老乡住的民房。

肖大队长找到杨铁汉，小声地说了一句：铁汉，你跟我来一下。

说完，就独自走在前面。

大队长，有啥事？杨铁汉一迭声地追问着。

肖大队长头也不回一下，甩着两只胳膊很快地在前面走。

杨铁汉觉得今天的肖大队长很是有些怪。

肖大队长径直把他引到大队部，刘政委正坐在炕上吸烟。此时，政委的样子就像个地道的农民，盘着腿，坐在炕上，一团团的烟雾把他密密实实地笼罩了。杨铁汉明显感受到，肖大队长和刘政委此前正在这儿研究着什么，这是他迈进屋门后的第一直觉。

肖大队长走进屋里，便背着手在空地上踱步。

刘政委透过层层叠叠的烟雾望了杨铁汉一会儿，终于开了口：铁汉，坐吧。

杨铁汉看了看刘政委，又看了一眼正在踱步的肖大队长，坐在了炕沿上。

刘政委犹豫着冲肖大队长问：老肖啊，是你说还是我说？

肖大队长挥了一下手：人是你定的，还是你说吧。

肖大队长说这话时，很有些生气的样子。

刘政委点点头，不紧不慢地卷了支烟，点上。

杨铁汉突然意识到，将要有大事发生了。以前，肖大队长和刘政委也找他谈过话，交代过任务，但从来不是今天这个样子。他有些紧张地看着面前的政委和肖大队长。

刘政委说话的声音很低也很慢：刚接到省委通知，让我们在县大队选拔一名优秀的干部。

杨铁汉听到这里，一下子站了起来，他呼吸急促地说：让我去干什么？

刘政委又压低声音道：省委通知，是执行一项特别的任务，具体是什么任务，省委说是绝密。

杨铁汉不敢再往下问了，他参加县大队快四年了，早已经由一名普通的战士锻炼成了一名排长。他知道组织的纪律和原则，明白该说的说，不该说的绝不能说。他立在那里，听候着两位首长的吩咐。

刘政委说完，冲肖大队长征求道：老肖，你看你还有什么要交代的？

肖大队长不高兴地说：我有啥交代的，组织上这么定了，就定了呗。

看来肖大队长对这件事很有看法，也表示出了不满情绪。

刘政委没再说什么，只是大度地笑一笑。

事后，杨铁汉才知道，关于选派他到省里执行特殊任务，肖大队长是不同意的。之所以不愿意让他去省里工作，肖大队长也是有着自己的打算。在肖大队长的心里，经过多年战争的锤炼，唯有杨铁汉和魏大河才是他得意的左膀右臂。现在，魏大河牺牲了，他就如同失去了一只胳膊，整天郁郁寡欢。

其实省委的通知也很简单，只说让县大队选拔一名政治上靠得住的干部，去省里执行一项特殊任务。接到通知，刘政委第一个就想到了杨铁汉，杨铁汉入伍近四年，不仅能打仗，还头脑灵活，不论政治上还是个人素质上，都可以让组织信赖。刘政委就和肖大队长商量：看来杨铁汉是不二人选。

肖大队长一听，头便摇得像拨浪鼓：不行，绝对不行！选别人我同意，唯独不能选铁汉。

刘政委不急不恼地反问：那你说说看，为什么不能选铁汉？

肖大队长急躁起来：铁汉这么能打仗，我正打算让他担任中队长呢。你现在把他抽走了，老刘你想过没有，这是釜底抽薪啊！

刘政委就笑一笑：那我问你，铁汉在政治上合不合格？

肖大队长不明就里地说：那当然，他要是不合格，那全大队就没有人合格了。

刘政委点点头，又问：那他素质过不过硬？

那还用说，铁汉不仅能打仗，还有头脑。肖大队长的样子很有些得意。

刘政委听到这儿就胸有成竹地说：省委让咱们派一个政治上靠得住，又有素质的干部去执行特殊任务。但我想问问，老肖你知道特殊任务意味着什么？

肖大队长不耐烦地挥挥手说：老刘你别给我绕弯子，我不知道啥特殊不特殊，在我心里，打鬼子就是第一要紧的事。

刘政委仍不紧不慢地说：老肖你说得在理，省委的特殊任务虽然没明说，但一定和打鬼子有关。现在我们是全民抗日，不是这个事，难道还能是别的事？省委既然选人，就一定是有重要的工作要做，我们应该选派最优秀的人才过去，而不应该藏着掖着，我们对上级要有一颗诚心。

刘政委这么说完，肖大队长就没话好说了。他皱着眉头，蹲在地上，半晌才说：老刘你说的一定没错，可你让铁汉去，我还是舍不得。

刘政委以一副稳操胜券的样子，继续耐心地做着说服工作：从情理上说，铁汉走，我也舍不得。他是个好同志，可我们抗日要从大局出发，不能只考虑咱们县大队，老肖你说是不是这个理儿？

在刘政委强大的政治攻势下，肖大队长只能屈服了，但他仍然心不甘、情不愿的样子。肖大队长一直梗着脖子，表面上想通了，内心还是很不服气。

省委的通知很急，杨铁汉在当天的夜晚就出发了。之所以选择晚上出发，也是省里的意思，选派的人去省里工作一定要秘密进行，知道的人越少越好。至少目前只有刘政委和肖大队长知道这件事。

为了保密，杨铁汉出发前换上了便装，他在大队部简单地与刘政委、肖大队长做了告别。走出大队部时，肖大队长一把拉住杨铁汉的手：铁汉，我送你出村。

考虑到行动的隐秘，两个人绕开了村口的岗哨，一路沉默地走着。杨铁汉终于憋不住地转过身道：大队长，你别送了，快回去吧。

肖大队长就立住了，伸出手抱住了杨铁汉：铁汉，你这一走，我是真舍不得啊！

杨铁汉也有些动情：大队长，我也舍不得离开咱们县大队，我会想你们的。

肖大队长松开杨铁汉，狠狠地拍了拍他的肩膀：咱们的工作都是为了抗日，在哪儿都一样，有机会回咱县大队看看。铁汉，保重啊！

大队长，你也要保重。

说完，杨铁汉转身走进了夜色里。两个人谁也没有想到，此时的分别竟成了一生的永别。

杨铁汉踏着夜色，噔噔地向前走去。

肖大队长一直望着自己的爱将渐行渐远，直到再也看不到杨铁汉的身影，他还恋恋不舍地挥着手。然后，转回身，一脸落寞地向村里走去。

走在无边的夜色里，杨铁汉又一次想起了城里的彩凤和抗生，此次去省委报到，不知是离他们远了还是近了？他不得而知，但在心里他早已经沉甸甸地将他们装了进去。

特殊使命

冀中省委也是秘密的地下机构，说是省委，其实并没有一个明显的办公机构，许多人也都有着自己的职业，以一种正式的身份作为掩护，秘密地做着抗日的工作。

省委通知杨铁汉在大刘庄集合。他在赶了一夜的路后，于第二天天亮来到了大刘庄。村头已经有人等在那里。

到大刘庄报到后，杨铁汉才知道已经有十几个人先于他到大刘庄报到了。他来了之后，陆续又来了十几个人，他们这一批的三十位同志大都是从各县大队抽调来的，同时也有来自省委和机关的同志。

人到齐后，省委特工科的李科长召集他们开了一次会，许多人直到这时才知道，他们以后的工作就将归省委特工科直接领导，当然，工作也由地上转入到了地下，身份也同时有了改变。以前，他们都是舞枪弄棒的人，轰轰烈烈地抗日；现在的他们脱下军装，放下枪，深入敌后，设立交通站，搜集敌人的情报，完全、彻底地换成了另外一种方式去抗日。

省委特工科的李科长，人生得文气，鼻子上架了一副眼镜，很斯文的样子。他召集大家开会时，站在众人面前，半天没有说话，只是用目光从头到尾把所有的人都看了一遍，似乎把所有的人都记在了心里。李科长果然是搞特工出身的，他的记忆力惊人，那以后，他就从没有喊错过一个人的名字。李科长几乎就是这些特殊身份者的活档案。

那时候做地下工作是非常危险的，且又都是单线联系，每个人都不需要留下文字性的东西。否则，组织一旦遭到敌人的破坏，这张精心编织的地下工作网络就会遭到重创。从红军时期到现在，我党的地下组织都是在沿袭着这一条不成规矩的原则。

李科长是老特工出身，红军时期就参与了党的特工工作。到延安后，他又被派到了冀中省委，成了一名身经百战的老特工。

李科长人虽然生得斯文，但站在那里却有着与众不同的气质，他用目光望着这些从四面八方凑在一起的人时，众人就感受到了一种大战前的紧张气氛。人们浑身都为之一紧，每一个细胞都紧紧地纠在了一起。

李科长面容沉静地开了口：同志们，你们都是优秀的抗日干部，从今天开始，你们要接受为期七天的封闭式训练，七天以后，你们就是我党、我军的地下工作者了。你们要成为一把又一把的尖刀，插入敌人的心脏，要让敌人流血，让敌人受内伤。

李科长讲到这里，停顿了一下，又用目光威严地扫了大家一眼。众人就感到了一种从没有过的责任，结结实实地压在了肩头。杨铁汉也感受到了一种无形的压力，有些紧张，却又一脸激动地望着李科长。

以前，你们扛枪是为了抗日；现在，你们深入敌后，潜伏在敌人身边，也是为了抗日。你们曾是一群积极、优秀的抗日战士，但在未来的工作中，同样需要你们坚定不移地为抗日工作流血牺牲——

李科长讲话完毕，三十几个人就分成了若干小组，开始了紧张的学习。

首先，他们学习了党的保密守则，每一项条款都有着详尽的规定，条理清晰，责任明确。杨铁汉在学习的过程中，充分意识到了作为一名地下工作者对组织和国家所具有的责任。

接下来，他们又学习了许多党的内部文件，听教员讲解了一些地下组织工作的实例。在这些活生生的实例中，有许多优秀的特工人员为了获取重要情报，牺牲了自己的生命。更有人为了这支刚刚建立起来的军队，凭着自己坚定的意志和信念，忍辱负重地周旋于敌后。这是一场看似没有硝烟的战争，却危机四伏。

他们甚至还学习了被捕后，如何去面对敌人的刑讯逼供。当然，也懂得了与组织失去联系后，怎样在沉默中去等待。

这是一项全新的工作，冒险而又刺激。经过紧张的学习，当把这些铁的纪律和规定烂熟于心的时候，七天的时间也就到了。接下来，这一批地下工作者就要奔赴自己的岗位了。在这短暂的七天时间里，这些被集中起来的同志也都熟悉了彼此，但他们却不清楚对方的真实姓名。自从他们迈进集训队的一刻，他们的名字就失去了意义，而拥有了自己的代号。杨铁汉的代号是白果树。杨铁汉很喜欢自己的代号，在他的家乡，白果树是一种很常见的树种。秋天叶子黄了的时候，树上的白果也成熟了，纷纷扬扬地落了下来。杨铁汉还清楚地记得老虎草和白杨树等好几个同志的代号，被人用代号呼来唤去，这令他们感到新鲜和好奇。就在他们进一步快熟悉起来的时候，集训的任务就完成了。

整装待发的时刻到了，每一个人都不知道自己的去向，更不用说了解别人了。

李科长分头找到每个人，低声细语地交代完工作，那个人就被人带走了。没有人知道他们去了哪里，一切是悄悄地来，又悄悄地离开。

杨铁汉差不多是最后被李科长找去谈话的。他在等待的过程中想了很多，他想的最多的就是彩凤和抗生了，这次他不知道自己还能不能再见到他们母子。这时候，他又想到了和魏大河一起许下的诺言，如果自己真的见不到彩凤娘儿俩，就只能等待革命胜利了，再去兑现自己的承诺。当然，他也想到了爹娘和小菊，也许在一段时间内，自己再也见不到自己的亲人了。想到这些，心里就有些空，但一想到面临的这份新的抗日工作，他又振作起来。

李科长找到杨铁汉谈话时已近傍晚，在这之前，一个又一个同志已经悄悄地走了。现在，终于轮到杨铁汉了，他和来时一样，背着简单的行李，出现在李科长面前。

李科长伸出手，用力地把杨铁汉的手握了。看似斯文的李科长，手上的力气很大，让杨铁汉感受到了一种力量，他的精神也为之一振。

李科长盯着杨铁汉的眼睛说：白果树同志，你准备好了吗？

杨铁汉就挺胸抬头答：报告首长，一切安排听从组织的指挥。

他的回答，也正是特工工作者纪律守则中的其中一项。现在，杨铁汉已经能够熟练地掌握这些条律了。

好！李科长满意地点点头。

然后，李科长从衣袋里摸出一张纸条，递给了杨铁汉。

李科长语气平静地交代着任务：白果树同志，这就是你的工作地址，还有联系人和接头暗号。

杨铁汉握着那张小纸条，那上面清楚地写着几行字。工作的地址可以说是熟悉的，那就是县城。跟他联系的是一个叫作老葛的人，接头暗号也是极为简单的一问一答——

你这里有白果卖吗？

白果没了，缺货，等着东家送货呢。

暗号一旦对上，那就是自己人了。

李科长扶了一下眼镜，看着杨铁汉继续说：和老葛接上头以后，他会交代你的具体工作。

杨铁汉把那张看似不起眼的纸条一连看了几遍，准确无误地将上面的内容印在了脑海里，然后，当着科长的面，把那张纸条吞到了肚子里。这也是一项铁的纪律，身为特工人员，决不能给敌人留下一个字。

李科长满意地冲杨铁汉点点头，又伸出手，和他握了一次：白果树同志，省委等候你的好消息。你出发吧，不要回头看。明天，特工科就搬到一个叫刘白的地方办公去了。白果树，你记着，你不是一个人在战斗，你的身边还有许多同志与你一起并肩战斗着。

杨铁汉向李科长敬了个礼，认真地看了一眼李科长，转身走了出去。

天已经暗了，他一走出门，就有特工科的人领着他走出了村庄。

在村口，特工科的人一脸严肃地同他作了告别。

此时的杨铁汉是兴奋的，他没有想到自己还能回到县城工作，这是他梦寐以求的。这就意味着，他终于可以实现自己对兄弟魏大河的承诺了。想到这儿，他的心情豁然开朗起来。最初，在不知自己的工作去向之前，他的内心是忐忑的，想到也许再没有机会回到县城，他的内心是忐忑的。现在，让他没有想到的是自己竟又回到了县城，尽管他清楚工作也是有纪律的，即便是和自己的亲人也不能随意接触。但不管怎么说，能回到县城，就意味着自己和彩凤母子会很近地在一起了。想到这儿，心里顿感前所未有的踏实。

又是一夜的跋涉，他回到了县城。此时，杨铁汉已经是一副百姓装扮。在城门口，他用自己的行李换了一筐萝卜。他挎着一筐萝卜，混在一群进城的小买卖人中间，进了城。

他很快就找到了城中的老药房。老药房的门脸并不大，此时老药房的门板已经卸下来了，开始了营业。

他把那筐萝卜放在门口，拍了拍身上的土，走了进去。

柜台后面坐着一位穿长衫的人，年龄看上去有四十多岁。他进门时，对方抬头看了他一眼，也就是一眼，便低下头忙着整理手上的一沓药方。

他走近柜台，四下里望了一下，问道：先生，你这里有白果卖吗？

先生抬起头，认真地看了他一眼，又向他身后瞧了瞧。药房刚开门，还不见客人，杨铁汉的身后空荡荡的，只有一束晨光斜着射了进来。

先生眨眨眼道：白果没了，缺货，等着东家送货呢。

他心里顿喜，暗号算是对上了，自从离开县大队，又离开了特工科，虽然只是短短的十几个小时，他却觉得自己很孤单。他从参加县大队后，还从没有一个人这么长时间地离开过队伍，就是外出执行任务，也会有别的战友在自己的左右。现在，他终于又看到了自己的同志，他有几分激动，上前一步，刚要开口，又警觉地站住了。他回头看了看身后，确实再无他人，这才疾步上前说：你是老葛吧？

老葛这时也站了起来，伸出手，很快地和他握了一下：你是白果树？

他点点头，眼睛莫名地潮湿了，声音哽咽地说：我是白果树，娘家人让我来找你。

这也是他们的特定用语。自此，杨铁汉就进入了角色。

老葛从柜台后走出来，冲他说：你跟我来。

他尾随在老葛身后，从旁门口上了楼梯。

这里是老葛的卧室。老葛一进来，就把门关上了。老葛又一次把他的手握住了，这一次，两只手握住了，再没有马上放开。

两个人长久地握着手，老葛的样子也有几分激动，他说：白果树同志，可把你盼来了。前一阵子，咱们县城里的地下组织遭到了敌人的破坏，有三个同志被捕了，组织正在积极想办法营救。你来了就好了，我们又可以开展地下工作了。

杨铁汉急促地喘息起来，好一会儿才说：老葛同志，组织交代过，你以后就是我的领导，有什么工作你就吩咐。

老葛从柜子里拿出一把钥匙递给他：这是布衣巷十八号的钥匙，以后你就住在那里。你现在的工作是磨刀匠，这样可以方便地走街串巷，为组织搜集情报。

杨铁汉郑重地接过钥匙，目光炯炯地望着老葛。

老葛又说：你以后的任务，我会随时交代给你。

杨铁汉点点头：我明白。

老葛当下就差了一个伙计把他领到了布衣巷十八号。从此，杨铁汉就有了磨刀匠的身份，人们经常会看到他背着一副磨刀的家什，走街串巷，嘴里喊着：磨剪子嘞，戗菜刀——

杨铁汉的声音悠远洪亮，不时有人从胡同的某个门后喊一声：磨刀的，我这儿有一把刀要磨。

杨铁汉走过去，拉开架势，帮人磨刀。

重　逢

杨铁汉从此开始了他的地下工作。他的上线老葛无疑是他的直接领导，这期间，他还有了自己的下线小邓。

小邓是在一天的清早敲开了布衣巷十八号的大门。在这之前，老葛曾有过交代，说有人会来找他，并告诉了他接头暗号。

你找谁？杨铁汉看着来人。

老家有人病了，要买点白果做药引子。

我这儿有，要多少？

二两三钱就够了。

暗号接上了，杨铁汉就拉着小邓的手走进了屋里。眼前站着的就是自己的同志，他要努力看清对方是否是自己熟悉的，在他的潜意识里，自己的同志一定是熟悉的。他努力地看了又看，想了又想。

小邓就笑一笑说：白果树同志，咱们没有见过面。

说完，递给他一张纸条，纸条上写着小邓的联系地址。

小邓很快就站起身说：白果树同志，以后我就是你的下线，有事你随时联系我。

说完，又冲杨铁汉笑了笑，转身就走了。他甚至没有说一句告别的话。

地下工作者的纪律是，杨铁汉只对自己的上线和下线负责，上线和下线决不会直接接头，也互不认识对方。地下网络就像一根链条，中间这一环只对挂着上一环和下一环。老葛认识他，小邓也认识他，至于老葛的上线和小邓的下线，那就与他没有任何关系了。地下工作的纪律，使他不可能多问，即便是问了，也不会有人告诉他。这是铁的纪律，既是为自己的同志负责，也是为地下工作的顺利进行负责。就连老葛和小邓的称呼，也肯定不是他们的真实姓名，而只是个代号。这一切对他来说都不重要，重要的是，他要完成好自己的任务。

老葛交代给他的第二项任务就是查清城内鬼子和伪军的布防情况，这对他来说，并不是一件困难的事。他背上磨刀的家什，在鬼子的兵营和伪军兵营的门外，一遍遍地吆喝着：磨剪子嘞，戗菜刀——

鬼子兵营的门口，有三两个卫兵电线杆子似的戳在那里，还不停地有鬼子的游动哨，在营区走来走去。鬼子的巡逻摩托车还有满载着鬼子兵的卡车，一趟又一趟，很是热闹地在兵营进进出出着。

杨铁汉扯着嗓子冲鬼子兵吆喝着：磨剪子嘞，戗菜刀——

他的喊声引来了两个鬼子兵的注意，两个人嘀咕了几句，就有一个鬼子兵走了过去。

八嘎——

鬼子兵的刺刀就顶在了杨铁汉的胸前。杨铁汉看见鬼子兵的刺刀和面前的鬼子，心里就有了几分激动。在县大队的时候，他们差不多三天两头就会和鬼子打上一仗，鬼子兵的神态和刺刀，已经让他见怪不怪了。

杨铁汉抬起头，望着鬼子，笑了笑，心想：要是在战场上，只一个虎步，再一个背跨，老子就能把你个小鬼子撂倒。想起和鬼子拼刺刀，他就有些兴奋。

鬼子又嘶喊了一声：八嘎——

这一声喊让他清醒过来，他这才意识到，自己已经不是县大队的杨铁汉了，而是地下联络员白果树。他眼前的工作就是摸清敌人的情况，然后通过下线小邓传递出去。他清醒过后，就冲鬼子咧嘴笑笑：老总，磨刀吗？

鬼子的刺刀顶在他的胸前，明晃晃的有些刺眼。

鬼子听不懂他说的什么，只是把刺刀又往前抵了抵，嘴里一遍又一遍地叫着：八嘎——

他从容不迫地背起磨刀的家什，打着手里的铁钗儿，吆喝着：磨剪子嘞，戗菜刀——

他一边喊着，一边离开了兵营。

很快，他又转悠到了伪军兵营的大门外。伪军这里就显得松散许多，三两个伪军立在门口，其中的两个在对火吸烟，另一个正冲着太阳打喷嚏，酝酿了半天，却没有打出来。最后，终于捏着自己的耳朵，才把喷嚏响亮地打了出来，一副很受用的样子。

杨铁汉冲着门口的伪军吆喝起来：磨剪子嘞，戗菜刀——

几个伪军闲得无事，听见动静朝这里张望起来。

一个伪军晃着膀子朝杨铁汉走过来。他立在杨铁汉的面前，一只脚踩在杨铁汉磨刀用的小凳上，一边把身后的枪拿到了眼前，“咣当”一声，上了刺刀。伪军就用刺刀在杨铁汉的眼前比画着说：这个你磨吗？

杨铁汉把目光从刺刀移到伪军的脸上，为难地挤出一丝笑：老总，您别开玩笑，俺这小手艺可禁不起这个。

伪军就露出了嘴里的黄板牙，从兜里抠出一支纸烟，点上，猛吸了几口，这才骂骂咧咧地说：妈了个巴子，昨天出城和八路军县大队打了一仗，老子差点儿就回不来了，有颗子弹就贴着老子头皮飞过去了，没打着我，倒把我身后的刘三给撂倒了。我这是命大，得除除晦气，你今天非得给我磨磨不可。

杨铁汉知道，今天算是遇到横的了。他看到伪军伸到面前的刺刀接也不是，不接也不是，只得赔着笑脸央求道：这位老总，俺是磨剪子和菜刀的，您这活儿俺不会磨呀！

妈了个巴子，这不是刀？是刀，就能磨，我是除晦气呢。

两个人正僵持着，院里走出了那个胖厨子，身上油渍麻花的，脸上的麻坑也泛着油光，他急颠颠地走过来，手上掂了两把菜刀，见到伪军一副张牙舞爪的样子，就说：孔二，你这儿吓人呢？

叫孔二的伪军忙说：我吓啥人，我要磨刀，他说磨不了，这不是瞧不起我吗？

胖厨子一把推开了孔二：孔二，别闹了，班长让我磨刀来了，还等着做午饭呢。

孔二就收回了枪：哎，老潘，中午有啥好吃的，还用磨刀？

昨天你们出去，不是抢回来两只羊嘛，今天中午会餐，吃羊肉。

听了潘厨子的话，孔二高兴了，背上枪，一摇三晃地往回走去，嘴里还哼起了小调。

杨铁汉见过眼前的潘厨子。他那次进城扮作卖菜的，就是这个潘厨子把他领进了伪军的兵营。鬼子调防的消息，也正是潘厨子无意中透露出来的，他对眼前的潘厨子颇有好感，就一边磨刀，一边搭讪着：这位老总，您姓潘哪？

潘厨子一脸惊奇地问：你咋知道？

俺刚才听那老总就这么叫你来着。

潘厨子仔细地打量了杨铁汉一眼，嘴里就“咦”了一声，说：这位兄弟，好眼熟啊，咱们好像在哪儿见过。

杨铁汉头也不抬地说：我以前卖过菜，你买过我的菜。

潘厨子就一拍腿道：我说呢，看你怎么这么眼熟，听口音儿也这么熟，哪个庄上的？

小南庄的。

潘厨子就又拍了一下腿，样子有些激动地说：嘿呀，我是潘各庄的，离你们小南庄就十五里路，咱这算来还是老乡哩。

接下来，两个人似乎就亲近了许多，东拉西扯地就聊上了。杨铁汉从潘厨子那里知道了城里伪军和鬼子的人数。当然，这一切都是通过厨子每一次采买的数量分析、判断出来的。

要不是潘厨子急着回去做饭，两个人还会聊下去。潘厨子对眼前的老乡也是很有好感，就约定下周的这个时候，杨铁汉还来这里磨刀。

回到布衣巷十八号，杨铁汉就把情报写在了一张纸条上，密封在了一颗蜡丸里，看上去就像是一粒药丸。这方法是老葛教给他的，装药用的蜡丸也是老葛送来的。

他是在一天的晚上敲开了小邓家的门。小邓似乎刚从外面回来，头上还带着汗。他没在小邓那里多停留，从兜里掏出蜡丸，递给了小邓：这是老家人用的药。

小邓接过蜡丸，说了句谢谢，也不留他。

他转身走进了夜色中。

完成了组织上交给的任务，杨铁汉长吁了一口气。关于地下工作，在省委特工科集训时，他已经有所认识了，李科长曾经说：我们现在虽然不是正面抗日，但我们做地下工作，搜集敌人的情报，为组织做事，同样也是杀敌。我们的作用一点儿也不比正面抗日差。

在布满鬼子和伪军的县城里，杨铁汉走在空旷的街上，心里是充实的，也是满足的。

不知为什么，他转了两个街口，竟走到了振兴街。彩凤的杂货铺就在眼前了，因为是晚上，杂货铺已经上了门板，只有门板的缝隙透过一丝微弱的亮光。他看到那丝亮光，就想到了魏大河。

他立在振兴杂货铺前，心里就多了一股说不清的滋味。大河把彩凤和抗生托付给他后，自己除了上次送过一次钱，就再没有为他们做过什么。想到这里，他心里就愧疚得要死要活。他伸出手，从兜里摸出几个铜板，蹲下身，顺着门缝，把它们塞了进去。

也许是铜板跌落的声音惊动了屋里的彩凤，她隔着门问道：谁呀？

他停住了手，真想说出：我是大河的战友。那样，彩凤就会把门打开。可是，现在还不是时候。他立起身，转身走进了夜色中。

他的身后响起了抗生在梦里的哭闹：我要爸爸，我要爸爸——

接下来，就是彩凤哄劝孩子的声音。

抗生的哭闹让杨铁汉清醒了过来，他知道，抗生再也不会见到自己的父亲了，也许在他未来的日子里，只能通过彩凤的描述，去想象自己的父亲。他心里一阵疼痛，抱住路边的一棵树，眼泪点点滴滴地流下来。他在心里冲魏大河说：大河啊，你放心吧，以后我要把抗生当成自己的亲生儿子……

杨铁汉渐渐适应了白果树的身份，也适应了这种隐蔽的地下生活，他依旧每天游走在县城里的大街小巷，人们已经慢慢熟悉了这个磨刀匠的喊声，并将这种声音融进了自己的生活。他走在巷子里，会有人出其不意地把门打开一条缝，喊一声：磨刀的。他就会接过不再锋利的菜刀，摊开磨刀的家什，尽心尽力地去磨。这样的日子熟悉了，他的心里就又放不下彩凤和抗生了。

每一天，总有几次他会不知不觉地就走到了振兴街，远远地，就看见了振兴杂货铺。在大白天的时间里，杂货铺的门板已经卸下来了，不时有一些提着瓶瓶罐罐的人们走进杂货铺。

杨铁汉一看见振兴杂货铺，心里就“砰砰”地乱跳几次。他想走过去，去看一眼彩凤和抗生。他不知道他们是否还能认出自己，毕竟他和彩凤只是匆匆地见过一面。

他缓缓地停下脚步，他不是不想走过去，而是地下工作者的纪律让他举步维艰。他怕被人认出来，毕竟，多一个认识他的人，就会多一份危险。犹豫着，他又忍不住往振兴杂货铺走去。距离杂货铺还有段距离，他再一次停了脚。他希望站在这里，哪怕能够听到彩凤招呼客人的声音，或者是见到抗生小小的背影，他的心里也是踏实的。

这天，当他又出现在振兴杂货铺前，彩凤突然从里面走了出来，冲他喊一声：磨刀的——

刚开始，杨铁汉似乎忘记了自己的身份，呆呆地望着她。直到彩凤向前走了两步，又喊了一声：磨刀的，叫你呢。

他这才清醒过来，应一声，走了过去。不管他能不能或者想不想见彩凤，他都没有地方躲了。他只能走过去，把磨刀的家什放在杂货铺门口。彩凤把刀放在了他的面前，已经转身要走了，他忽然有些失落地叹了口气。他的这口气还没有叹完，彩凤又转回身来，望了他一眼，又望了他一眼。

他看到彩凤的目光，把他浑身上下打量了一番。那一刻，他的心里杂七杂八地跳着，张着嘴，想说什么，却说不出来。一时间，脑子里混沌一片。

彩凤看清他之后，就呆立在那里，嘴张着，一副吃惊的样子。

杨铁汉知道，彩凤已经明白无误地认出他来了。在这之前，他也曾想过万一和彩凤碰面后，他必须要把自己深深地掩藏起来。只有自己安全了，组织才能安全。这是李科长反复强调过的。

彩凤终于说话了，她说话前，左右看了看，确信四周无人，才说：你是杨铁汉，大河的战友，你怎么干上这个了？

这时候，他已经把心沉了下来，他看了一眼彩凤，压低声音说：我现在只是个磨刀匠，过去的事就不提了。

说完，他接过彩凤手里的刀，卖力地磨了起来。他用眼睛的余光看到彩凤的表情有几分失望，在看了他几眼后，什么也没说，转身走进了杂货铺。他还听见杂货铺里的抗生在问：妈，你跟谁说话呢？

没啥，一个磨刀的。

不一会儿，抗生从杂货铺里跑出来，嘴里含了块糖，小心地吮着。

他冲抗生笑一笑，抗生戒备地望着他，不往前走，也不往后退，就那么打量着他。

很快，刀就磨好了。彩凤不失时机地从屋里走出来。她出来时，手里还端了碗热水。她立在他的面前，把水递了过去：喝口水吧。

他接过水，认真地看了她一眼，他感受到了她眼睛里藏着的一丝警惕。

他喝了一口水，发现水里放了糖，心里有几分感动：彩凤，你们还好吧？

彩凤低下头，小声地说：我们娘儿俩挺好。

他很快就喝光了碗里的水，把碗递过去时，彩凤却没有接，她抬起头，轻声问了一句：大河他还好吧？

他的手一抖，差点把碗掉到地上，他干咳了一声：好，大河他好。

她瞟了他一眼后，有些委屈地说：大河很久都没有消息了。

他不敢去看她，赶紧说：他好，你们放心吧。

这时候，街上的一个邻居过来买东西，那女人喊一声：彩凤妹子，我买盒洋火。

彩凤看着他应了一声，转身走进了杂货铺。

他没有理由在这里再待下去了，背起磨刀的家什，快步离开了。这时候，有人打开门，冲着他的背影喊着：哎，磨刀的，磨刀的——

他头都没有回，径直向前走去。当然，他的确也没有听见什么。那一刻，他心里既矛盾又困惑，甚至还有一点儿委屈。他知道，此时的自己已经不是县大队的人了，他只是个磨刀匠，他还有个代号叫白果树，这些彩凤都不会知道，他也不会去说。但他分明已从彩凤的眼里看到，自己只是一个贪生怕死的逃兵。

回到布衣巷十八号，他就倒在了床上，眼前不停地晃动着彩凤投向他的目光。想起彩凤戒备的目光，他的心里就有种说不出的难受。

在这期间，老葛又让他传递了几次情报。情报有时是放在一服中药里，有时干脆就放在糕点盒子里。当初，老葛把这些东西交给他时，也并不多说什么，只是轻描淡写地说：这是老家需要的东西。

他接过来，从不多说一句话，然后穿过几条街，看看左右没人跟随，一闪身，就敲开了小邓的门。

抗日已经到了最关键的时候，八路军的声势一天比一天大。前几天，城外的两个炮楼又被八路军给端掉了，从城外撤回来的鬼子和伪军一个个哭爹喊娘，士气低落得很。

不久，鬼子又发动了一次扫荡，据说鬼子的扫荡是秘密进行的，想一举端掉八路军县大队的指挥部。不幸的是，鬼子的行动计划被八路军秘密获取，不仅没有端掉八路军的县大队，却遭到了一场伏击，使鬼子受到了重创。

一天，杨铁汉又背着磨刀的家伙什走在大街上，突然就看到许多人朝一个方向拥去。他不知道发生了什么，也随着人流跟过去。在城门口的木桩上，他看见上面五花大绑地绑着两个男人，身上被打得遍体鳞伤，似乎已经昏了过去。几个鬼子和伪军端着枪站在那里。

杨铁汉看着那两个人，就想到了自己的同志。也只有自己的同志，才能让敌人下此毒手。

果然，这是鬼子行刑前的阵式。一个日本军官拄着指挥刀，嘴里叽里哇啦地说了一气儿后，旁边的翻译官赶紧低头哈腰地翻译起来：这两个人是八路军的地下党，被皇军抓住了，现在要斩首示众。

翻译官看看围了一群的老百姓，继续翻译道：皇军要你们做大大的良民，不要和皇军对抗，否则，就是他们的下场。

翻译官刚说完，鬼子手里的枪就响了，那两个人身子只动了一下，头就垂得更低了。

鬼子杀了人还不算，还把人头割了下来，高高地挂在了城门楼上，并贴出了布告。

杨铁汉感受到了浓烈的血腥之气，直到这时，他才意识到，做地下工作并不比在县大队与敌人正面交锋要安全多少。也正是血腥的场面和恐怖的氛围，让他的精神变得高度紧张起来。

那些日子里，他几次仰望着城门楼上那两个同志的首级，虽然，他并不认识他们，但他们无疑是自己的同志。他替他们感到哀伤，同时也感受到肩上的这份责任。

当他又一次出现在振兴杂货铺门前时，彩凤正领着抗生添置了货物往回走，担子沉甸甸地挑在她的肩上。抗生不小心跌倒了，彩凤下意识地去扶，肩上的担子就落了下来，货物散落了一地。

杨铁汉奔过去，不由分说去捡那些散在地上的货物。

彩凤看了他一眼，没说什么，蹲下身，哄着哭泣的抗生。

他把货物全部捡起，直接送到了杂货铺，又默默地把它们一一摆上货架。彩凤拉着抗生进了里屋。就在他转身离开时，彩凤走了出来，静静地看着他，他也望着彩凤。

你真的不知道大河的消息？他都几个月没有消息了。她终于忍不住，又一次向他打听起丈夫的消息。

他望着她，摇了摇头。

前几天，有两个抗日的战士刚被鬼子杀了。

他点点头：我知道。

她的嘴角牵动着，半晌，又一脸疑惑地问：你真的是在磨刀？

他看着她，一瞬间，似乎有许多的话要对她说，可话到嘴边了，他又咽了回去。责任和组织的纪律让他清醒过来，他低下头去：人各有志，我不是大河。

她眼里的神采一点点地暗淡了下来。他分明听见彩凤叹了口气，还听见她低声地说：你毕竟和大河做过战友，以后有啥需要的，尽管来拿。

听了她的话，他有了一种要哭的感觉，显然，她误解了他。在她的眼里，他就是个逃兵，是个贪生怕死的逃兵。

他站在她的面前，一阵脸红心跳，他甚至不敢抬眼再去看她。

他推开门要走，走了一步，又转回身说：以后有啥困难就喊我，我每天都会从这里走几趟。

她没有说话，目光虚虚实实地望着他。

当他把磨刀的家伙什扛在肩上，他在心里坚定地告诉自己：你就是个磨刀匠哩。

他咧了咧嘴，脸上挤出一丝苦笑，吆喝了起来：磨剪子嘞，戗菜刀——

他悠长地喊着，声音回荡在大街小巷，也回荡在振兴杂货铺门前。

第 一 个

杨铁汉似乎已经习惯了地下交通员的工作和生活，唯独让他难过的是，彩凤对他的不理解——在彩凤眼里，他根本就是个逃兵。彩凤对他的态度是冷漠的，他甚至在彩凤的眼里看到了不齿，每次经过振兴杂货铺时，他都能感受到彩凤目光的存在。他回了一次头，又回了一次头，却并没有发现彩凤，仿佛那两扇门就是彩凤的眼睛，冷冷地注视着他，让他感到后背发凉。有几次，他走近杂货铺时，真想说出自己真实的身份，但很快，他就把这种冲动压了下去。他想，彩凤早晚会理解他的。

他甚至希望地下工作也能像在战场上一样，轰轰烈烈地来一次冲锋，做一回真正的英雄。可他却一直没有等到这样的机会，却被另外一种麻烦的工作代替了。

一天傍晚，老葛亲自来到了布衣巷十八号。老葛不是一个人来的，他怀里还莫名其妙地抱着一个孩子。那孩子有两三岁的样子，睁着一双乌黑的眼睛，不哭也不闹地望着他，也望着老葛。刚开始，他以为这孩子是老葛的，老葛是为了掩护身份才抱着孩子出来的。

他看到老葛和孩子，甚至还冲老葛开玩笑道：你这孩子也够小的。

老葛没说什么，从怀里掏出一张纸条，递给他。

他接过纸条，上面只写着一行字：八路军独立团张辉光。

他不知道这张纸条是什么意思，定定地看着老葛。

这是烈士的遗孤，从前线送到了交通站。等时机成熟了，组织会把孩子转移走的。

老葛说完，把孩子递到了他的怀里。

他怔在那里，不知如何去接。老葛就说：你倒是接过去呀！

他还是犹豫了一下，伸出手去，笨拙地把孩子接到怀里，就像从老葛手里接过了一份文件。

什么时候来人接孩子，我会随时通知你。这孩子你就先带几天。

老葛说完，从怀里掏出一些钱，放到桌上：这是经费，你收好，不够可以找我去拿。

他抱着孩子，一直看着老葛消失在门口。

忽然，怀里的孩子冲他叫了一声：爸爸——

他去看孩子时，他的心就动了动。

老葛走了。他把孩子放到了床上，孩子似乎经过风雨，也见过一些世面，对自己眼下的处境已是见怪不怪了，睁着一双眼睛打量着他。

孩子，你叫啥？他小心地问着。

孩子不答，或者是不知道自己叫什么，只一脸新奇地看着他。

他又重复问了一遍，并努力让自己的声音显得亲切一些。说着，还伸出手，在孩子的小脸上碰了一下。

孩子看着他，清晰地吐出两个字：宝宝。

宝宝？他下意识地重复着。

孩子这时又说了一句：军军。

他似乎就明白了，看来这孩子一路上已经辗转了不知多久了，可能每一次驻足某地，都会有一个新的名字。他弯下身子，冲孩子说：你叫宝宝，也叫军军，对不对？

孩子咬着小手说：我还叫小小。

他的猜测在得到证实后，心里忽然不是个滋味，眼前的孩子实在是太不幸了。因为父母的牺牲，小小年纪就成了遗孤，被组织从这儿转到那儿。在他这里，孩子也不过是短暂的停留，不知还会被转几次手，才能送到延安。对于这孩子未来的命运，他不敢去想，也不可能想象得到。

他看到孩子的小脸灰灰的，一双小脚也沾满了污渍，他决定先给孩子洗个澡。

烧好一锅水，他把孩子抱到一只木桶里，仔仔细细地洗了，又把他放到床上，盖上了被子。看着孩子换下来的脏衣服，想了想，又把衣服放到木桶里，洗了。当他忙完这些时，孩子已经睡着了。

他坐在床边，望着孩子，却一点儿睡意也没有。拿出老葛交给他的纸条，看看上面的几个字，再看看酣睡的孩子，他感慨万千。独立团他是知道的，在县大队时他就知道。他们县大队是地方武装，独立团可是八路军的正规部队，大家都习惯地称八路军的正规军为老大哥部队。县大队的许多枪支弹药都是独立团支援给他们的。在县大队的时候，一提起独立团，心里就觉得温暖和踏实。独立团是冀中八路军唯一的正规部队，打了许多大仗，也打了许多胜仗。独立团的名字让日本人感到头疼，却让百姓们扬眉吐气。

看着纸条上“张辉光”三个字，他不由得皱紧了眉头，孩子的父亲已经牺牲了，只留下了这个孩子，他不知道孩子会在这里待多久，才能被转移出去。但一想到孩子的父亲，心里就多了由衷的敬意，让他有了一种冲动。当他再去看那孩子时，他在心里默默地说：孩子，你爹妈为抗日牺牲了，你就是抗日的种子，我一定会照顾好你，把你安全送到延安。

当他挨着孩子也躺下去时，孩子单薄而温暖的小身子，竟让他有了一种异样的感觉，他还从来没有这么亲近地接触过孩子。

第二天，杨铁汉带着孩子，背着磨刀的家伙什又开始了走街串巷。

磨剪子嘞，戗菜刀——

他的喊声悠扬洪亮，孩子听着新鲜，张开嘴也跟着喊了起来。

他惊奇地看着孩子。孩子也许是经历过太多，显得很成熟和一副见多识广的样子。

他停下来磨刀时，孩子就在一边玩耍，有人就问：这孩子是你的呀？

他看一眼那人，笑一笑，并不多说什么。

那人又说：这小子挺机灵的，叫什么？

叫军军。

孩子正在地上看蚂蚁搬家。

他喜欢“军军”这个名字，叫起这个名字时，他就会想到县大队还有独立团。

磨好刀，他就背上磨刀的家伙什，喊了声：军军，咱们走了。

军军就站起身，喊了声：爸，蚂蚁还打架呢？

军军也许是无意，也许是叫顺嘴了，但在他听来，这一声称呼让他感到陌生的同时，也感到兴奋。他怔怔地望着军军，半天才反应过来：军军，你叫我啥？

军军看着他，不说话，只是一味地用黑黑的眼睛看着他。

他转身往前走时，又喊了声：军军，咱们走了。

他这回的声音温和了许多。

军军又在他后面叫了声：爸——

他没再说什么，伸出手，把军军的手抓在自己的大手里。他感到军军的手是那么的小，那么的柔软，心底里顿时升腾起一份爱怜。

磨剪子嘞，戗菜刀——

他放开嗓子喊了起来。

军军也用稚嫩的声音喊着：磨剪子嘞，戗菜刀——

军军喊完，就抬起头去看他。

他用微笑鼓励着军军，军军于是一声一声地喊下去。

从此，大街小巷里，一粗一细、一高一低的喊声，像一支动听的歌谣，错落有致地响了起来。

杨铁汉拉着军军的手，出现在振兴杂货铺门前时，彩凤正好出来泼水。一盆水被倒在门前的街上，水滋润着泥土发出“滋滋”的声音。

彩凤一抬头，就看见了杨铁汉和军军，她怔了怔，目光从军军的脸上移到他的脸上：这是你的孩子？

他不置可否地笑了一下。

军军冲彩凤喊道：磨剪子嘞，戗菜刀——

军军的喊声把彩凤给逗笑了。

抗生从屋里出来，注意力一下子就被眼前的军军吸引了。

抗生走过来，盯着军军问：你叫啥？

军军望一眼杨铁汉，清楚地回答：俺爸叫俺军军。

抗生就说：军军，咱俩玩会儿吧？

军军扭过头，看着杨铁汉说：俺还要和俺爸去磨刀呢。

抗生从背后拿出一支棒棒糖，冲军军说：你跟我玩儿，我就给你糖吃。

军军犹豫了一下，显然，他被眼前这颗棒棒糖吸引了。他吮着口水，一张小脸涨得通红，眼睛紧紧地盯着棒棒糖：这糖是甜的吗？

抗生不失时机地说：你跟我玩儿，我就让你尝一口。

这时候，彩凤从店里拿出一支棒棒糖，递给军军。

军军不接，把一双小手背在身后，却用目光望着杨铁汉。

杨铁汉从彩凤手里接过糖，递给了军军。军军迫不及待地舔了一口糖，只皱了一小下眉头，就激动地喊了起来：爸，甜，真甜！

杨铁汉看到孩子的表情，心里就有些难过。他站起身，走进杂货铺，彩凤也跟着他走了进去。

他掏出几枚铜板，冲彩凤说：给孩子买点儿吃的。

彩凤一边往外拿着东西，一边问：孩子他妈呢？

杨铁汉低下头，没有回答彩凤的问话。他的确不知道该如何回答。

彩凤也不再问了。

杨铁汉把彩凤拿出来的小吃，小心地装在自己的衣兜里。

就在他走出杂货铺时，彩凤叹了口气，道：你也怪不容易的。

他回过头，冲彩凤笑了笑。

院外，军军和抗生已经玩成一团了。

他蹲下身，专注地看着两个孩子。这时候，彩凤也出现在他的身后，看着两个兴致勃勃的孩子。

彩凤在他身后轻声说：以后你出门，带孩子不方便，就把他放到这儿来吧。抗生一个孩子，连个伙伴也没有。

他转过身子，冲彩凤点点头。这时，他发现彩凤望着他的目光已经比以前柔和了许多。

杨铁汉终于带着军军一同去城外执行了一次任务。这次的任务有些特别，老葛交给他一服已经包装好的中药，让他送到城外大柳庄路口的第一户人家。从城里到城外的大柳庄足有十几里路，他接受这项任务后就有些为难，为难的并不是完不成任务，而是发愁没有办法照顾军军了。

老葛似乎看出了他的为难，便说：你就带着孩子吧，对你的身份也是个掩护。

于是，他扛着磨刀的家什，带着军军出发了。从出城到完成任务，一路都很顺利，可就在回来的路上，天下起了雨。他肩上扛着磨刀的家什，怀里抱着军军，走了一路，雨下了一路。

当天晚上，军军就发烧了。发烧让军军小脸通红，呼吸急促，军军一直在昏睡着。杨铁汉第一次见军军生病，他搓着手，一副不知如何是好的样子。他唯一能做的就是伸出手，一遍遍地去摸军军的额头。额头很烫，让他实实在在感受到了军军传递给他的热度。他想到了去药房买药，在城里他只认识老葛那家药房，但老葛有过交代，没有紧急情况，让他不要轻易去药房。

他不停地喊着军军的名字，军军却一直昏睡不醒，这时他就想到了彩凤。他披上衣服，急三火四地向振兴杂货铺奔去。

夜已经深了，杂货铺早就打烊了。他在门口犹豫了半晌，还是敲响了大门。刚开始，里面并没有动静，半晌，里面传出彩凤的声音：谁呀？

他扒住门板的缝隙，轻声地说：彩凤，我是铁汉。

又过了一会儿，门“吱呀”一声，开了。

彩凤把身子从门缝里挤出来，惊讶地看着他：这么晚了，有事儿？

军军发烧了，一直在睡，我想买点儿糖，让他喝口糖水。

彩凤的表情就有些急：孩子病了，喝糖水有什么用？

他有些委屈地说：军军爱吃糖，我想让他快点儿醒过来。

彩凤叹了口气：你把孩子抱过来吧，我这里有药，可别把孩子烧坏了。

无路可走的杨铁汉一头又扎进黑暗里，心里只有一个念头，千万不能让军军有个啥好歹。军军是烈士的孩子，以后还要被送到延安去，如果军军在他手里有个三长两短，他如何去向组织交代？

当他把军军抱到彩凤面前时，彩凤已经烧好了开水，她摸了摸军军的头：孩子是受凉了。

接着，她取出一包粉末倒在碗里，冲了些热水，一点点地喂军军喝了下去。

吃了药的军军，没多久呼吸就变得平稳了，但仍在昏睡着。

彩凤看了一眼昏睡的军军：这孩子一定是被激着了。

他搓着手，点点头：军军是下午被雨淋着了。

他说话的表情很是自责。

你这个当爹的也太粗心了，怎么能让孩子淋着雨呢？这么大的孩子，最容易发烧了。

当彩凤说这话时，他的头更深地低了下去，脸也有些红。在彩凤的眼里，军军无疑就是他的孩子。他不想辩白什么，也无法辩白，他站起身，感激地看了眼彩凤，说：谢谢了。

说完，伸手去抱躺在床上的军军。彩凤一把推开他的手：别折腾了，让孩子就在这儿睡吧。明天早晨起来，我再喂他吃一次药。

他没说什么，转身挤出杂货铺的大门。

那天晚上，他回到布衣巷十八号之后，一夜也没有睡踏实，想得最多的就是他的战友魏大河。大河牺牲时连眼睛都没有闭上，是他让大河闭上了眼。他对大河许下的承诺又一次在耳边响起——大河，你放心，你的亲人就是我的亲人，有我一口干的，就决不让他们喝稀的。

这是他作为一个男人的承诺，可现在，他又为彩凤母子做了什么？他发现自己的脸在发烧，他恨不能揪着头发，扇自己两个耳光。后来，他迷糊着睡去了，似乎做了个梦，梦见大河就站在他的面前，一声声地质问他：兄弟，我托付给你的事，办好了吗？他无言以对，呜呜地哭着，一边哭一边说：兄弟，我对不住你。

后来，他就醒了，天也已经亮了。这时，他就想到了军军，便急三火四地走进了振兴杂货铺。

彩凤看见他没说什么，只看了他一眼，他小声地问：军军咋样了？

彩凤冲里屋摆了摆头，他走进去，见军军已经醒了，正在和抗生玩儿呢。退了烧的军军还显得很虚弱，他把手伸向军军的额头试了试，这才放下心来。军军懂事地看着他说：爸，我吃药了，也喝糖水了。

悬着的心总算放下来了，杨铁汉站在彩凤面前，一时不知说什么好，半晌才嗫嚅着：彩凤，谢谢你啊。

彩凤头也没抬地指责起来：你们这些男人呀，就不该带孩子。孩子就是没啥，也会让你们带出毛病来。

他不好意思地说：真是麻烦你了，我这就带军军走。

说完，就要去里屋抱军军。

回来。彩凤喊道。

孩子的烧刚退，你这是要把他往哪儿带呀？弄不好又得烧起来，你没见他和抗生正玩得好好的。

他不知如何是好地立在那里。

彩凤一边忙着手里的活，一边说：这里不用你管了，军军有我呢。

他站在那儿呆立了一会儿，还是走了。

他走在街上，脑子里却一直在想着彩凤和魏大河。他知道，自己要想为彩凤和抗生做点什么，他就要说实话，把大河牺牲的消息告诉彩凤。想到昨晚的梦境，忧伤和歉疚就一股脑儿地冒了出来。

那一天，他迷迷糊糊，不知自己是如何过来的，满脑子里都是大河的身影。那个空弹壳还在他的身上，没人的时候，他会拿出那枚空弹壳，取出里面的纸条，那是大河留给他的。上面除了写着家庭住址和彩凤母子的名字，还写着一句话：李彩凤和魏抗生是魏大河的亲人，也是杨铁汉的亲人。最底下一行，写着魏大河的名字。

他看着手里的纸条，心里的什么地方就疼了一下，又疼了一下。犹豫再三，他终于决定把真实情况告诉彩凤，也只有这样，他的心才会踏实下来。

太阳西下的时候，他又回到了振兴杂货铺，见抗生和军军正在门前的空地上玩着，彩凤也正在上着店铺的门板。

他放下肩上的东西，走过去，帮彩凤去上门板。彩凤没去看他，等门板上完了，彩凤才说一句：军军的病好了，下次可得小心，别让孩子着凉了。

说完，彩凤扭身走进了屋里，他也跟着走了进去。彩凤回过头，看着他问：你有事？

他停下脚，盯着彩凤说：我想跟你说个事。

彩凤拉出一个凳子，放在他面前：那你说吧。

他没有坐，紧紧地攥着自己的两只手，可就在他要张开嘴说出实情时，他的眼前立刻闪现出李科长的身影，李科长的声音也在耳边响起：你们是地下工作者，隐藏好自己就是最好的保护组织。他把到了嘴边的话又咽了回去，半晌，他憨憨地说：没啥，就是想跟你说谢谢，这话我早就想说了。

晚上，他和彩凤吃饭时没再多说上一句话，军军和抗生两个人倒是边吃边玩，有着说不完的话。

吃完饭，他站起身，牵过军军的手，冲彩凤说：我该回去了，以后店里有啥重活，就留着我来干。

说完，他拉着军军向门口走去。抗生突然“哇”的一声哭了起来，他抱住彩凤的腿，抬起一张泪脸喊着：妈，我不让军军走。

军军也站在那里，望一眼抗生，又望一眼杨铁汉。

他看着两个孩子，也一时无计可施。

彩凤抹了把脸上的泪，冲军军说：军军，别走了，陪抗生玩吧。

军军懂事地点点头，又看了一眼杨铁汉。

彩凤，那就让你受累了。

彩凤哽着声音说：这有啥，就是多把米，多碗水的事。

见彩凤这么说，他也不好说什么了，弯下身子，冲军军交代了几句，就走了。

两个遗孤

从此以后，杨铁汉经常把军军寄放在彩凤那里，这给他执行任务提供了便利。在这期间，他向老葛打听过，询问什么时候把孩子送走？老葛每次都回答：别急，再等等，还没有接到上级的通知。

老葛这么说了，他也只能耐心等待了。

完成传送情报的任务后，有时他会把军军从彩凤那里接回来，每次去接军军，彩凤都会说：你要是放心，就把孩子放这里吧。

他不说什么，还是领着军军离开了杂货铺。他不是不放心彩凤，而是不忍心再给彩凤添麻烦。他向魏大河承诺过，要照顾好彩凤和抗生，可现在他还没有兑现自己的诺言，却又要给彩凤带来麻烦。他心里不忍，也不能那么做。

慢慢地，他似乎适应了有军军的生活。晚上，他和军军躺在床上，军军抱着他的一只胳膊，把脸贴在上面，香甜地睡着。看着军军脸上细细的茸毛，感受着温暖、柔软的小身子，他的心里漾起一丝丝的甜蜜，他伸出手，爱抚着军军的小脸，仿佛军军就是他的孩子。

有时，他也会忍不住去问军军：你记得自己是从哪里来的吗？

军军忽闪着一双又黑又亮的眼睛回答：很远很远的地方。

他又问：那你记得你爸和你妈的名字吗？

军军为难地挠挠头，想了想，还是说不上来。

他叹了口气，虽然他不知道军军父母的详细情况，但从军军支离破碎的记忆中判断，军军应该是在很小的时候，父母就牺牲了。军军是吃百家饭长大的。想到这儿，他心里就多了一份爱怜，伸手把军军揽在了怀里。

在这段时间，他尽心尽力地照顾着军军的生活，军军也是个懂事、乖巧的孩子，对他也充满了感激，总是小鸟一样在他耳边亲热地说：爸，你真好！

看着面前花花绿绿的小零食，军军一时不知如何是好，激动得小脸通红：爸，你说我先吃哪一个好？

他一脸慈爱地看着军军，点点头说：吃吧，吃完爸再给你买。

他顺嘴把自己称作“爸”时，一时间就觉得自己肩上的担子很重很重。

时间久了，军军对他也有了深深的依恋。刚来时，军军的眼神总是犹豫不定，充满了不安。现在的军军已经完全适应了这个新的爸爸。

那一次，军军突然说：爸，以后你别让我走了，这里真好！有抗生和彩凤婶儿，我喜欢这里。

他听了，倒吸了一口凉气，他没想到军军能说出这样的话。他呆呆地看了军军好久，一把搂过军军，眼泪一下子流了下来。他可以想象得到，军军以前的经历是怎样的情形，从这里转移到那里，待上十天半月，又被转移走了。小小年纪，就尝遍了战争孤儿所有的苦难。

有时候，他望着熟睡的军军，想到还要把这个孩子送走，心里就有些不舍。尽管军军初来时，他觉得很不适应，甚至把军军当成了累赘，可现在，军军早已经成为他生活的一部分。一旦把军军送走，他会舍不得的。但军军毕竟只是他生活的过客，说不定哪一天，老葛就会通知把军军送走。

以后，他每天都在忐忑中等待着老葛的通知，时间也就在等待中一天天地熬着。终于，老葛又一次通知他，去城南接两个孩子。老葛明白无误地告诉他，这次是两个孩子，一个女孩，一个男孩，都是烈士的遗孤。

那天傍晚，他出发前把军军又一次送到了彩凤的杂货铺。彩凤当然也又一次热情地接纳了军军。

杨铁汉孤身一人走出了城南门。老葛交代，顺着城南门的一条土路往前走，那里有两棵老树。树下就是他和城外同志的接头地点。

他站在那两棵老树下，望着西沉的太阳，心里有些焦躁，他不知道城外的同志什么时候能把那两个孩子送来。如果时间晚了，鬼子关了城门，那他就得和孩子在城外待上一夜了。

他正想着时，一个中年男子，赶着一群羊向他这里走来。走到近前，中年男人立住了，低沉着声音问：老家要买白果下药，你这里可有？

对方已经说出了接头暗号，他马上答：我有，要多少？

赶羊的男子笑了笑，一闪身，他的身后就走出了两个孩子，果然是一男一女。两个孩子年龄相仿，都是七八岁的样子。事后他才知道这是一对龙凤胎。男孩子牵着女孩的手，怔怔地望着他。

他上前两步，揽过两个孩子，冲赶羊的汉子说：同志，你的任务完成了，我们也该进城了，晚了，城门就关了。

赶羊的汉子说了句：你多保重。

说完，用鞭子在空中甩了一个响，羊群在头羊的引领下，沿着土路往回走。

杨铁汉一手拉着一个孩子，向城里走去。两个孩子不住地回头，看着赶羊的汉子，汉子也回了一次头，冲他们笑了笑。

一直回到布衣巷十八号，他才开始打量眼前的两个孩子。女孩胆子似乎大一些，她仔细地看了看杨铁汉，又去看看军军。军军也正在新奇地盯着新来的两个孩子。

他蹲下身子问：你们都叫个啥？

盼妮。女孩抢先说。

男孩刚要说，女孩就又抢着说：他是俺弟弟，叫盼春，我们是双胞胎。

直到这时，他才发现这两个孩子眉眼有许多相似的地方。看来，他们的确是一对姐弟。

两个孩子的神情很快就放松了下来，他们东看看、西瞅瞅，盼妮简单地打量了屋子，就大人似的问：叔叔，你什么时候再把俺们送走？

也许再过几天吧。

他的确也说不清什么时候把他们送走，他要等老葛的通知。

在这两个孩子进城的第三天，他接到了老葛的通知，让他在傍晚时分，把三个孩子送到城外去。天下没有不散的筵席，这一天终于来了，以前他也曾想过这一天，可这一天真的来了，他还真有些舍不得。

他把军军抱在了怀里。军军是个敏感的孩子，已经意识到自己就要离开了，呜咽着说：爸，你要送我走吗？

他听了军军的话，眼泪终于忍不住流了下来。他又何尝舍得送走军军呢？但这毕竟是组织的安排，他没有权力不让军军走。

他用力地抱了一下军军，哽着声音说：军军，爸会想你的。

最后，他还是硬下心肠，带着三个孩子出门了。他在孩子们出门前是做了一些准备的，烙了饼，还煮了鸡蛋。从这里到延安路途遥远，这期间几个孩子还不知道要被转移几次，他要把孩子和这些吃的一同交给接应的同志。

军军毕竟在这里待得久了，出门后，一边走一边不停地回头：爸，抗生会想我的，我还没有跟他告别呢。

爸会去跟抗生说，你放心。

他一边安慰着军军，一边又叮嘱着三个孩子：出城门卡子时你们咋说啊？

盼妮和盼春胸有成竹地说：俺们就说，你是俺爸，带我们出城去看爷爷。

他听了盼妮的回答很满意，伸出手，在两姐弟的头上拍了两下。

他带着三个孩子很顺利地出了城门，再有五里路，前面就是夏家庄，那里会有人接走三个孩子。

他们很快就到了村外的一棵柳树下。时间一分一秒地过去了，仍不见有人来。约定的时间是日头偏西，可眼前的太阳已经沉到山后去了，却仍不见人影。

杨铁汉就有了几分焦虑，他不停地向远方张望着，几个孩子也显得有些着急，盼春自言自语着：接俺们的人会不会不来了？

他努力安慰着三个小家伙：不会的。

他嘴上是这么说的，心里却是一点儿底也没有。自从开始地下工作以来，他的心里就多了几分警觉。这不是地上工作，什么事情都摆在明面上，地下工作无时无刻不隐藏着看不见的凶险。他忽然意识到了什么：孩子，咱们走。

盼妮和盼春听了他的话，赶紧抓住他的手站了起来。军军不明白发生了什么，雀跃着喊：爸，咱们回家吗？是不是不让我们走了？

他没有说话。盼春瞪了军军一眼：你知道什么，咱们这是转移。

他带着孩子疾步离开了村口，走进了一片高粱地里，这才松了一口气。为了稳定孩子们的情绪，他把带来的饼分给了三个孩子。

天这时已经黑了，孩子们吃完饼，就东倒西歪地睡了。看三个孩子完全睡熟了，他又悄悄地去了一趟约定的地点。他趴在一丛蒿草后面，静静地观察着，依然是人影全无。

当太阳又一次升起的时候，他把三个孩子又带回了城里。后来，还是从老葛的嘴里得知，接送孩子的交通员在路过敌人的封锁时，牺牲了。至于何时再送走孩子，还要等候通知。

看来，三个孩子还要在他这里待上一段时间。

风　声

鬼子在城外扫荡的计划，被事先得到情报的八路军粉碎了。鬼子和八路军打了几场遭遇战，却接连吃亏，回到城里的鬼子就开始了反思。反思的结果是出了内奸，鬼子就开始了一轮内查，一时间，风声很紧。几日后，伪军的一个姓李的大队长说是有通八路的嫌疑，被拉到城门外，毙了。姓李的大队长被毙前还穿着伪军的制服，被五花大绑地带到了城门外。昔日不可一世的大队长，早已成了草鸡，哆嗦着身子，一遍遍地喊：太君，我冤枉啊——

他嘶哑地喊着，还是被鬼子的子弹击穿了脑壳。

杨铁汉看到这一幕时，正带着磨刀的家什，带着三个孩子站在人群里。孩子们一脸镇定地看着，盼春抬头望一眼杨铁汉，轻声地问：叔叔，那人真的是共产党？

杨铁汉马上伸手捂住了盼春的嘴，又用严厉的目光盯了眼盼妮和军军，两个孩子就把到了嘴边的话，又咽了回去。

他拉着三个孩子挤出人群，到了没人的地方，才表情威严地说：记住了，以后再也不要当着别人的面说这样的话。

盼妮率先点点头。盼春看着杨铁汉的表情，意识到了问题的严重性，委屈得想哭。

杨铁汉瞥了盼春一眼，继续板着脸说：你们还要记住，在外人面前你们要管我叫爸。

这一次，三个孩子一起用力点着头。

这件事情没过多久，日本人和伪军在夜里搞了一次大清查，他们挨家挨户地登记搜查，见到可疑的人就抓。

杨铁汉家的门被敲响时，三个孩子已经躺在床上睡着了。他只能硬着头皮打开门，门刚一开，日本人的刺刀就明晃晃地戳到了他的面前。那一瞬，他下意识地用手往腰里摸，却是空空荡荡。这时，他才反应过来。

一个伪军走过来，推了他一把，把他抵到了墙角，吆喝着：家里都有什么人，登记了吗？

老总，俺家没啥人，除了我，还有三个孩子。

伪军又狠狠地搡了他一把。在伪军和鬼子刺刀的逼迫下，他只好带他们去了里屋。

三个孩子已经醒了，抱在一起，缩成了一团。

伪军和鬼子的手电筒在屋子里乱晃一气，没发现什么，就把光线聚在三个孩子的身上。一个伪军蹿过去，一把就扯掉了围在孩子身上的被子。

军军吓得大哭起来，一边哭，一边喊：爸，爸——

杨铁汉赶紧走过去抱住了军军，一边赔着笑说：老总，有啥话冲我说，别吓着孩子。

一个鬼子叽里哇啦了几句，旁边的伪军就喝道：太君问你是干什么的？

我是磨刀的。说完，用手指了指墙角堆放着的磨刀用的家什。

几只手电在他的脸上晃了晃，又在几个孩子的身上晃了几下，一个伪军就发现了问题，他凑到杨铁汉的面前看了看，奇怪地叨咕着：咦，看你也不大，咋这么多孩子？说着，又用手电照了照床上的盼妮和盼春：这两个孩子也有六七岁吧？你啥时候结的婚，生的娃？

杨铁汉不好意思地搓着手说：俺都成亲八年了。

你女人呢？伪军不甘心地问。

回乡下奔丧去了。

伪军似乎还是将信将疑，绕着杨铁汉转了两圈后，就又凑到了床前：你们管他叫啥？

军军最先回答：叫爸。

盼妮和盼春也一起说：他是俺爸。

杨铁汉这时才算松了一口气。伪军转回身，推了一把杨铁汉说：你说你女人奔丧去了，我记住了。过几天我再来查，要是你女人还不在，我就定你个通共罪。

鬼子和伪军吵吵嚷嚷地走了。

那天晚上，杨铁汉一夜也没有睡好，三个孩子也没睡好。

盼妮毕竟大一些，她冲杨铁汉说：爸，他们还会来吗？你啥时候把我们送走啊？

杨铁汉起身给三个孩子掖了掖被角，安慰道：别怕，有我呢。

他话是这么说，心里却一点儿底也没有。鬼子和伪军还来不来，他不知道；何时把三个孩子送走，他也不知道。但他清楚，孩子们在这里多停留一天，就会多一分危险。

老葛是他的上线，也是他的上级，眼前这些棘手的事情，让他又一次想到了老葛。

第二天，他还没去找老葛时，老葛出其不意地找上门来。

他看到老葛，还是吃了一惊。老葛和他约定，没有大事，双方尽可能少接触。此时，老葛突然出现在布衣巷还是第一次。

老葛没来前，他正准备扛着磨刀的家什，带着三个孩子出门。老葛一进屋，三个孩子就乖乖地躲了出去。

老葛见到他，就握住了他的手说：白果树同志，让你受苦了。

听了老葛的话，他鼻子有些发酸，干地下工作，什么困难他都考虑到了，甚至想到了牺牲，但就是没有想到会让他带三个孩子。

老葛说：真难为你了。组织上一直想把三个孩子送走，但是，这中间我们的同志被捕，又叛变了，我们的下线也遭到了严重的破坏。现在，我们无法和下线取得联系，三个孩子也就无法送出去。

老葛说到这儿，重重地叹了口气。他望着老葛，在心里也沉重地叹着气。

叹完气的老葛，抬起头，神色凝重地看着他：我们现在的形势看来只能是等待。

他也抬起头来，严肃地对老葛说：老葛同志，带孩子我不怕，我怕的是不安全。

这也正是我最担心的。我想，组织上也一定在积极地想办法，尽快把三个孩子送出去。

说着，老葛从怀里掏出几块银圆，放到桌子上：这是组织上给孩子们的生活费，一有消息，我会马上通知你。

老葛说完，一阵风似的消失在门口。

他望着老葛离去的门口，呆呆地愣了一会儿。他原以为老葛会给他带来另外的消息，结果却是这样。看来，他别无选择，只能耐心地等待了。

当他带着三个孩子出现在振兴杂货铺门前时，抗生一下子就看到了军军。他从铺子里跑出来，大呼小叫地喊着军军的名字，军军也笑嘻嘻地迎上去。

杨铁汉每次路过杂货铺的心情都异常复杂，想走近，却又怕进去。以前，他想走近，是想帮助彩凤母子做些什么；现在，他害怕走近杂货铺，是因为身边又多了盼妮和盼春，他不知该如何向彩凤解释。

抗生跑出来，彩凤也从门里走了出来，她看到眼前的盼妮和盼春就怔了一下。

抗生热情地拉着军军的手，不眨眼地打量着盼妮和盼春。

军军见抗生奇怪的样子，就介绍道：这是我姐盼妮，这是我哥盼春。

军军这几天已经和盼妮、盼春玩得很熟了，他在心里已经把他们当成了自己的姐姐和哥哥。看着他们如此的亲近，杨铁汉也暂时放下心来。军军哥哥姐姐地叫，在外人眼里，他们真的就像一家人似的。

彩凤望了眼盼妮和盼春，又望了眼杨铁汉。

杨铁汉走过去，把肩上的东西放到了地上。

彩凤转身走进了里屋，杨铁汉想了想，也跟了进去。

彩凤定定地望着他。

杨铁汉张了张嘴，想说什么，却没有说出来。

铁汉，我知道你现在是干啥的了。彩凤终于说道。

杨铁汉赶紧向她解释：这是亲戚的孩子，在乡下过不下去了，就放到我这里。

铁汉，我不问孩子的事，我只告诉你，我是魏大河的妻子。

杨铁汉听了，身子微微抖了一下。他定定地看着彩凤：彩凤——

彩凤低下头，鼻子一酸，眼泪差点掉了下来。

杨铁汉看在眼里，忙偏过头去：我该带孩子们走了。

杨铁汉和孩子们走出铺子的时候，彩凤追了出来：杨铁汉，有事就过来找我。

杨铁汉没有回头，带着三个孩子走出了振兴杂货铺。街上很快就响起了：磨剪子嘞，戗菜刀——

抗生咬着手指头，看着小伙伴们离去。

杨铁汉始终没有等来转移三个孩子的通知，却等来了鬼子的又一次全城大搜捕。

鬼子和伪军敲开布衣巷十八号门的时候，仍然是在晚上。三个孩子已经睡下了，自从盼妮和盼春来了，杨铁汉就把大床让给了三个孩子，自己在房间的一角搭了一张床。

杨铁汉此时躺在床上，睡意全无，满脑子里想着三个孩子的事。照料着三个孩子的生活，他并不犯愁，最让他头疼的是他们的安全。组织辗转着把他们送到了他这里，他决不能让他们出事，否则，他的工作就是失败的。

接应的下线遭到了敌人的破坏，而何时恢复与外界的联系又不得而知，他的心里一片茫然。就在这个时候，鬼子和伪军砸响了他家的大门。他打开门的时候，鬼子和伪军明晃晃的刺刀就把他抵住了。有了上次鬼子搜查的经历，这次的杨铁汉就显得很有经验。他站在那里，看着鬼子和伪军，一句话也不说。

一个伪军喊了起来：说，家里有啥人？

就三个孩子，已经睡下了。

旁边的伪军用枪托砸了他一下，几个鬼子打着手电，屋里屋外地翻找起来。最后，他们把三个孩子也推搡了出来。三个孩子睡眼惺忪地围在杨铁汉的身边，盼妮紧紧地扯着他的衣角，军军抱住了他的腿。看到孩子们无助的表情，他心里的什么地方动了一下，很快就有一种很硬的东西在身体里拱了起来，他伸开手，把三个孩子紧紧地护了起来。

一个鬼子的小队长，冲着三个孩子和杨铁汉叽里哇啦喊了一通，翻译官就赶紧翻译起来：太君问了，你怎么一个人带三个小孩儿。

杨铁汉用手死死地护住孩子，脸上赔着笑，冲翻译官说：孩子的娘去乡下娘家奔丧去了。

鬼子的手电就又仔细地在杨铁汉和三个孩子脸上照了照。

翻译官上前一步，一把抓过了军军，军军害怕地往后退着。鬼子小队长从兜里摸出一块糖在军军面前比画着。军军不接，把一双小手背在身后。鬼子看一眼旁边的翻译官，翻译官就冲军军笑一笑，蹲下来说：小孩说实话，太君给你糖吃。

军军的表情越发紧张起来。翻译官用手指着杨铁汉，唬起面孔问军军：你管他叫什么？

军军毫不迟疑地答：叫爸。

翻译官仍不甘心地看着军军：他真的是你爸？

军军点点头。

鬼子小队长见在军军这儿没有问出什么，便一挥手，两个伪军走过来，不由分说，把盼妮和盼春从杨铁汉的身边拉了出来。鬼子小队长这回把糖收了起来，翻译官提高了声音问：他是你们的什么人？

盼妮和盼春张口就说：他是俺爸。

经历了太多的两个孩子早就看出了眼前的危险，但他们还是表现得很镇定，这让杨铁汉感到欣慰。

鬼子不再理睬三个孩子，却一把抓住杨铁汉的衣领，歇斯底里地嗷嗷叫着。

杨铁汉看着小丑一样的鬼子，直想一拳打过去，夺下枪，和鬼子决一死战。他冲动着伸手向腰间摸去的瞬间，忽然冷静了下来，意识到自己已经不是县大队的一名排长，而是地下交通联络员，他当下的任务就是要保护好这三个孩子。他赶紧躬起腰，脸上堆着笑：太君，他们真是俺的孩子，孩子他娘去乡下奔丧了。

鬼子满脸狐疑地盯着他看了半天，突然，冲翻译官叽里哇啦地说了几句什么，翻译官绷起了脸说：太君说了，这孩子我们要带走，等他娘回来了，太君验明正身才能领回来。

不等杨铁汉反应过来，几个鬼子和伪军就冲过去，拖着三个孩子往门外走。虽然几个孩子大小场面也经历过，可从来没有见过这阵势，孩子们一边哭，一边喊着：爸，我们害怕。

杨铁汉想冲上去，把三个孩子夺回来，却被鬼子明晃晃的刺刀抵在了墙边。

孩子的哭喊声越来越远，他大声地冲孩子喊：孩子，只要爸还活着，你们就不会有事——

夜，一下子又静了下来。杨铁汉呆呆地立在那里，鬼子带走了孩子，却将他一个人留了下来，他感到前所未有的冷清和孤单，耳边一遍遍地回响着孩子们的哭喊。孩子是在他的手里被带走的，他没有保护好他们，这是他的失职，茫然中他忽然就想到了老葛。他刚走到街口，就被鬼子给拦住了，今晚城里戒严，看来想见老葛也只能等到天亮了。

第二天，一夜没有合眼的杨铁汉还没有去见老葛，老葛却找到了他。他见到老葛的第一句话就是：我没有保护好孩子，请组织处分我吧。

老葛正是放心不下三个孩子，才一大早赶过来的。他听了杨铁汉的话，就什么都明白了，他靠在门上，望着空荡荡的屋子，终于小声地说：白果树同志，这不能怪你。我们的内部有人叛变了，鬼子这次就是冲三个孩子来的，你没有责任。我马上跟组织汇报，一定要全力以赴救出三个孩子。

说完，拉开了门，忽然又想起什么，回过头叮嘱道：等我的通知。

望着老葛离去的背影，杨铁汉的心里很乱，想到老葛说起“鬼子这次就是冲三个孩子来的”这句话时，他一下子就想到了抗生。想着彩凤和抗生也许会遇到麻烦，他再也坐不住了，急三火四地奔了出去。

当他赶到振兴杂货铺时，果然不出所料。此时天已大亮，以往这个时候，彩凤早就卸下门板，抗生也在门口玩上了。此时，屋里屋外冷冷清清，他一边拍着门板，一边喊：彩凤，彩凤——

半晌，门突然开了。彩凤面色苍白地看着站在门口的杨铁汉，眼圈一下子就红了。

杨铁汉没有见到抗生，他意识到了什么，急切地问：彩凤，咋了？是不是抗生出啥事了？

彩凤的眼泪终于落了下来，她呜呜咽咽地说：昨晚上，抗生让鬼子给带走了。

最让人担心的事情还是发生了，他没头没脑地说：抗生又没有犯法，他们凭啥把抗生抓走？

彩凤抹了一把眼泪说：他们怀疑抗生的爸是八路军，说要想领人，除非让他爸去。

杨铁汉听了，身子慢慢地蹲了下去，他想到了魏大河。别说魏大河牺牲了，就是没有牺牲，也不可能进城去领孩子。此时，他感到深深的自责，他不但没有保护好三个孩子，就连彩凤和抗生也没有保护好。他在心里狠狠地责骂着自己，半晌，才抬起头，看着无助的彩凤，

发现彩凤也在望着他。彩凤似乎意识到了什么，突然问：你那三个孩子呢？

他低下了头。

彩凤见他这样，便什么都明白了，她叹了口气：俺知道，那三个孩子都不是你的。

他抬起头，去望彩凤时，彩凤已经把头扭向了别的地方。

他以前只带着军军一个人时，彩凤并没有多想，以为军军就是他的孩子，甚至，有段时间她还误解过他，直到盼妮和盼春的出现，才让她意识到了什么，尽管她没有明说。虽然，她只是个女人，但丈夫毕竟是队伍上的人，有些道理不用说，她也能明白。

彩凤的一句话，也让杨铁汉觉得没有必要再向她隐瞒什么了，同时，一个大胆的想法在他的脑海里冒了出来。想到这儿，他盯着彩凤说：彩凤，我帮你去把抗生领回来，但也需要你帮我一个忙。

只要能把抗生领回来，让我干啥都行。

彩凤眼里的神采一下子亮了起来。

杨铁汉就把自己的计划说了。他决定和彩凤扮成一对夫妻，去领回那几个孩子。

孩子们很顺利地就被领了回来。在回来的路上，杨铁汉抱着军军，盼妮和盼春紧紧地拉着他的衣角，虽然，他们只分别了一夜，但这样的惊吓着实让三个孩子感受到了危险。

刚见到军军时，军军一把抱住了他的腿，哭叫着：爸，我怕，我再也不离开你了。

盼妮和盼春也抹着眼泪。看着三个孩子，他的眼睛也潮湿了，他把孩子们紧紧地拥在怀里，在心里说：孩子，你们放心，爸以后再也不让你们受到惊吓了。

当见到孩子们时的激动慢慢平复下来，他不能不想得很多，这一次，孩子们算是躲过了一劫，可谁又能保证下一次呢？这么想着，回家安顿好三个孩子后，他要急于见到彩凤。彩凤也和他一样，面临着同样的危险。

当他又一次来到振兴杂货铺时，彩凤正坐在屋子里，搂着抗生发呆。他的到来，让彩凤暂时止住了眼泪。

彩凤一遍遍地说：吓死人了，这抗生要是有啥好歹，我以后咋向大河交代啊。

彩凤这么说着，眼泪就又落了下来。抗生伸出手，一点一点地为妈妈擦去眼泪，嘴里说着：妈，我以后听你的话，再也不离开你了。

彩凤紧紧地抱住了抗生。

杨铁汉在一旁听了，看了，心里阴晴雨雪的说不出个滋味。这时，他又想起了自己曾经对大河的承诺。过了半晌，他终于对彩凤说：彩凤，为了你和抗生，我想搬到杂货铺来住。

彩凤听了，怔怔地望着他。

他又说：这不仅是为了你们，也是为了那三个孩子。看来，鬼子还会来找我们的麻烦。

彩凤看着他，很快就明白了他的心思，她沉思了一会儿，才慢慢地说：杨铁汉，你现在是干啥的，跟我们娘儿俩没关系，但冲着你和大河是战友的分儿上，也为了几个孩子，你们搬过来，我没啥意见。

杨铁汉没有想到彩凤这么痛快就答应了，他立起身，搓着手，一遍遍地说：彩凤，那太感谢你了，以后我会保护好你和抗生的。

杨铁汉在回布衣巷的路上才想起了老葛，自己的决定事先还没有向老葛请示呢，他开始有些后悔自己的草率。

当他找到老葛时，老葛拍着手说：组织上也正为这件事情着急呢，本来想派一名女同志配合你的工作，可一时又找不到合适的人选。如果像你所说，那当然是最好了。

老葛的支持也让他有了信心。接下来，他就把彩凤的情况向老葛做了汇报，老葛毕竟是做地下工作的老同志了，他半晌没有说话，低头沉思着。

杨铁汉也知道，做地下工作必须谨慎、小心，但眼前的形势也只有这样才是安全的。他可以不考虑自身的安危，但他不能不考虑三个孩子，况且，彩凤一个人带着抗生也是危机四伏。如果他能和彩凤相互作为掩护，这对他们来说是最好的选择。但老葛是他的上级，这件事情的决定必须要征得老葛同志的同意。

老葛沉思良久，终于开了口：白果树同志，你的想法我认为可行，但我要向组织汇报一下。你等我的通知。

杨铁汉知道自己该告辞了，他站起身，悄无声息地从后院的小门走了出去。

两天之后，杨铁汉得到了老葛的通知：组织上同意他的想法。直到这时，他才长舒了一口气。

一 家 人

杨铁汉搬家那一天，他把三个孩子喊到了一起：从今天起，咱们就搬到抗生家的杂货铺去住。以后，你们就要管彩凤婶儿喊妈，听到没有？

三个孩子很聪明，马上就明白这么做是为了什么。自从上次被鬼子带走，几个孩子差不多成了惊弓之鸟，他们再不敢跑出去玩儿，说话也小心翼翼，有个风吹草动就惊恐不已。此时，听说就要搬到抗生家，三个孩子心里的石头似乎落了地。杂货铺不仅有小伙伴抗生，重要的是，和彩凤婶儿在一起就有了家的感觉。他们还清楚地记得，几天前杨铁汉和彩凤接他们回家时的情形——

最先出现在三个孩子面前的是杨铁汉，他一见到孩子们就说：爸妈接你们回家。

这种颠沛流离的生活，早让三个孩子变得无比聪慧，杨铁汉简单的一句话就给了孩子们一种暗示。在杨铁汉离开后，鬼子又把彩凤带了进来，分别问三个孩子：她是谁？

彩凤对他们来说已经不陌生了，三个孩子没有任何犹豫，一下子拥上去，抱住彩凤，又哭又喊。日本兵营里的惊吓，让三个孩子在看到彩凤时像见到了救命的稻草，他们喊得真切，哭得真实，仿佛母子已经分开了很久，情感也就在这一瞬间爆发了。

一旁的日本人也被眼前的情形弄得唏嘘不已，挥着手道：哟西，哟西——

彩凤顺利地把三个孩子带出了日本人的兵营，那时，几个孩子就对彩凤越发得亲热起来。

此时，杨铁汉这么一说，孩子们的眼睛都亮了，他们早就盼着这一天呢。军军跑到杨铁汉身边，抱住他的腿，声音打着颤儿：爸，咱啥时候去啊？

杨铁汉摸了摸头，冲孩子们笑笑：你们没意见，咱现在就走。

三个孩子跟着杨铁汉走出了布衣巷十八号。孩子们在回头看了一眼后，就头也不回地向振兴街走去。

在这之前，杨铁汉已经通知了彩凤。彩凤也已经早早做好了准备，把堆杂物的房间收拾了出来。

孩子们见面后那股高兴劲儿自不必细说，重要的是从现在开始，他们不仅有了爸，还有了妈，这里就是他们的家了。

安顿好孩子，彩凤和杨铁汉四目相对着，他们知道在一段时间内，为了孩子们的安全，他们不得不生活在一起。彩凤慢慢把目光从杨铁汉的身上挪开一些：铁汉，我不管你现在干啥，但咱得让这个家安全，大人有点啥不怕，不能太委屈了孩子。

杨铁汉嗫嚅着，似有千言万语，却不知从何说起，无意中，他的手触到了怀里那只硬硬的子弹壳，他的身体微微地颤了一下，半晌，才说：谢谢你让我们渡过眼前的难关。

彩凤瞟了他一眼，理智地说：咱不说客气话，其实你这也是在帮我。

说到这儿，彩凤轻轻叹了口气，自言自语着：大河已经很久没有消息了。

杨铁汉听了，心里“嗖”地被刺了一下，望着愁眉不展的彩凤，他真想把实话告诉她。可转念一想，又死死地扼住了这个念头，如果说出魏大河牺牲的真相，那就会牵扯到自己。尽管在他的心里，彩凤是自己人，但地下工作的纪律明确规定，即使是面对亲人，也不能暴露真实身份。这不仅是考虑到自身的安全，更是对整个地下组织的负责。

杨铁汉在没有从事地下工作前，并没有把这条规定考虑得有多么严重，当他真实地投身于特殊的工作环境中，才感受到自己如同走在了钢丝刀尖上。他在老葛那里经常听到关于同志们被捕的消息，望着城楼上悬挂着的战友的头颅，他的心也一紧一抽的。

就在杨铁汉把三个孩子安置到彩凤的杂货铺后，他接到了老葛的一份通知。老葛把一个信封递给他，让他务必把这份密件送到城外老阴山关帝庙的一排香案后。

按理说，这一次完全用不着杨铁汉亲自跑一趟，他的下线小邓打小儿就在县城长大，但说到老阴山的关帝庙时，小邓却并不清楚。于是，为了送出这十万火急的情报，他决定亲自去一趟。

出发前，他把那封信缝在了贴身穿的衣服里。一切准备就绪后，他冲彩凤说：我要出城一趟，明天就能回来。

彩凤盯着他看了一眼，并没有多说什么。

他又说：孩子们就让你费心了。

临出门时，他挨个摸了摸几个孩子的头，就往外走去。

这时候，彩凤突然说了句：铁汉，路上小心。我和孩子们等你回来。

他转过头，眼眶一热。出生入死这么多年，他早已习惯了拼杀和流血，彩凤的话却让他心有所动，她似乎已经把他和他的孩子们当成了一家人。就这样，他揣着彩凤这句温暖的话语，在夜半时分赶到了老阴山。

老阴山对他来说是熟悉的，翻过老阴山，再向东走十几里路，那里就是自己的家了。小时候，他跟着母亲，每逢年节都会到老阴山的关帝庙烧香、磕头。庙里的香火很盛，母亲虔诚地做这些时，他就绕着关帝庙乱跑一气，直到太阳西斜，母亲才和一群善男信女离开这里。可以说，老阴山的关帝庙留下了他童年欢乐的记忆。

当他趁着夜色翻墙进入关帝庙时，这里已是物是人非，早已断了香火的庙里异常的冷清和凄凉。他轻车熟路地找到香案，把那封十万火急的信小心地放到了香案后面。然后，他又潜到庙外，观察了一会儿，确信自己的行踪没有被人看到，才悄悄地溜出了关帝庙。

他走出关帝庙时，悬着的一颗心才算放下来。下山的时候，东方已呈现出一抹鱼肚白，这时，他想起了自己的父母，还有小菊，此时的家已经成了他的一种回忆。当初，他离开家参加县大队后，还是偶尔能回到家看看，自从接受了新的任务到县城工作后，他至今还没有回过家，家里的父母始终是他最大的牵挂。

就在他完成任务往回赶时，他的脚步不知不觉中踏上了一条熟悉的小路，这是他童年走过、也是他梦里走过的路。

太阳完全跳出来的时候，他已经走到了自家门前。每一次回到这里，心里的感受都不尽相同。这一次，日本人又烧毁了一些房屋，就连几棵大树也被烟火熏燎得失去了生气，庄子里一片凌乱的景象。他躲在一棵树后，望着自家的大门，心里有股说不清的滋味。这时候，门“吱呀”一声，开了。他看见小菊把一盆水泼在了院子里。小菊似乎比以前更清秀了，他看到小菊，就有一种很温暖的东西从心底里漫上来。他差点忍不住去喊小菊。见没有什么异样，他几步跑到门前，一把推开了大门。

外间的小菊正在做饭，看见他，惊叫一声，手里的盆就掉到了地上。她顾不上去捡，冲着里屋喊：爹，娘，铁汉哥回来了。

母亲和父亲几乎同时从里屋挤了出来，他们使劲儿地打量着他。母亲半天才哆嗦着声音说：铁汉哪，你咋这么久也不回来看看啊。

母亲说着就抹开了眼泪。

后来，他才知道，他被秘密调走之后，县大队又几次路过这里。父母为了看他一眼，去县大队找过，也打听过许多人，却谁也不知道他的去向，只是摇头。父亲杨大山又去找了肖大队长和刘政委，肖大队长只告诉父亲：他去执行任务了。

父亲对肖大队长这种含糊其词的说法显然很不放心，思来想去，一家人就想到了最后的结果——铁汉一定是牺牲了。肖大队长和刘政委是不忍心告诉他们。

一家人伤心、难过了很久，就默默地接受了这一现实。可就在这个时候，他竟奇迹般地出现在他们的眼前。

那一次，他只是在家里匆匆地待了片刻，就挥手上路了。他告诉父母和小菊，他的确是在执行新的任务，只是没有告诉他们，他就生活在县城。

他在喝了一碗小菊熬好的粥后，就走出了大门。小菊跟在他身后，默默地走着。

他归心似箭，就回过头，冲小菊说：回去吧，别送了。

哥，你要当心啊！爹娘知道你还活着，他们会高兴好一阵的。有空你就回家看上一眼，省得爹娘惦记。

他看了一眼小菊，心里竟充满了感激，这个家多亏了小菊。他停住脚，一脸愧意地说：小菊，哥在外照顾不了这个家，以后就靠你了。

小菊看着他，眼里含了泪：哥，你放心走吧，家里有我呢。

他突然伸出手，抚了一把小菊的头。小菊感到他的手有些湿湿的，却又是温暖的，分明向她传达着一股男人的力量。小菊没有想到，这种感觉竟伴随了她的一生。

小菊抬起头时，他已经疾步向前走去。

小菊看着他的背影，哽咽着：哥，常回来看看啊——

他回了一次头，泪水早已模糊了他的视线。

组　　织

三个孩子有了彩凤的照顾，就像有家的孩子一样了。每天一早，杨铁汉起来的第一件事，就是去帮助彩凤卸下杂货铺的门板，铺子里一下子就亮堂起来。彩凤一边忙着做饭，一边招呼着孩子们起床。

吃过早饭，杨铁汉就又扛起磨刀的家什，冲彩凤喊一声：我出去了。

彩凤这时候从不多说什么，看他一眼，和孩子们一起望着他走进巷子里。不一会儿，街上就传来杨铁汉“磨剪子嘞，戗菜刀”的吆喝声。

孩子们无忧无虑地在院前玩耍，彩凤在铺子里这里看看，那里擦擦。停下手里的活儿时，她有时会愣神儿，目光下意识地就落在这三个孩子的身上。

在这段时间里，最让杨铁汉心里没底的就是这三个孩子，看似解决了眼前的困难，可危险仍时刻存在，不把孩子们安全地送出城去，他就无法安心下来。

这天，他出现在老葛药房旁边的空地上，放下肩上的磨刀家什，亮起嗓子，一边卖力地吆喝，一边警觉地观察着药房。

老葛有时会从药房里走出来，一手托着紫砂茶壶，一手拎了把锈迹斑斑的菜刀，递给杨铁汉，嘴里大声地喊着：磨刀的，把我这刀给好好磨一磨。

杨铁汉接过刀，眯着眼睛看了看，就利索地磨起刀来。

老葛站在一旁，眼睛盯着刀，低声说：城外还没有联系上，看来还得等一等。

透过“嚓嚓”的磨刀声，他也低声说：孩子在这儿，我晚上睡觉都不踏实。

老葛“刺溜”地喝了一口茶，抹抹嘴说：这我知道，组织比你还急。

有人路过药房，杨铁汉就大声道：老板，你这刀可有些日子没磨了，看这锈的。

老葛煞有介事地撇撇嘴，说：可不是，有日子了，这段时间也不见你过来。

等路过的人走远了，老葛就兴奋地说：前两天你送到关帝庙的情报可解决大问题了，八路军县大队干掉了鬼子的运粮小队，小鬼子一个也没剩下。

杨铁汉举起刀，眯起眼睛，冲太阳看一眼刀刃，笑了——为了自己亲手送出去的情报，也为了县大队的胜利。此时，他异常怀念起县大队的生活，那里不仅有他敬重的肖大队长和刘政委，还有那么多熟悉的战友。想到这儿，他瞟了眼老葛，小声道：真想杀到前线去啊。

老葛端起茶壶，慢悠悠地喝下一口，看着面前磨得锃亮的刀，意味深长地说：磨刀不误砍柴工啊——

说完，拿起杨铁汉递过来的刀，道声“谢谢”，转身，踱进了药房。

杨铁汉尽管没有从老葛那里打听到送走三个孩子的确切消息，但他的心里是踏实的。不知为什么，进城这么长时间了，只要他远远地望到老葛的药房，和老葛轻描淡写地说上几句，他那颗沉甸甸的心就会踏实下来。在县大队时，县大队就是他的组织，有了组织，就有了家。在城里，他做地下工作，老葛是他的上线，他的工作归老葛直接领导，老葛就是他的组织。有了组织，他的心里就有了底气，有了方向。

他更多的时候是以磨刀的名义转悠到鬼子或伪军的营区外，把磨刀的家什往地上一放，扯开嗓子喊起来。

刚开始，鬼子门口的卫兵对他是一脸的戒备，端着枪，用刺刀冲他比画着说：八嘎——

他停留的时间稍微长点儿，鬼子就会举起枪托轰他。现在，鬼子似乎对他已经很熟悉了。他把磨刀的摊子支在离兵营不远不近的地方，上岗的两个鬼子就觑着眼睛看他，他悠长地吆喝一声：磨剪子嘞，戗菜刀——

鬼子听了，就嘻嘻地笑。偶尔地，那个胖厨子从兵营里走出来，提两把菜刀，“当啷”一声，扔到他面前，就蹲到了地上吸烟。很快，厨子的目光就被一群搬家的蚂蚁吸引了，他用手里的烟头去烫蚂蚁，或者用一个小棍去拨弄开蚂蚁搬动的食物，一次又一次，蚂蚁们不屈不挠地抗争着。厨子就笑了，像个调皮的孩子。

杨铁汉把磨好的菜刀递给伙夫：兄弟，你看这刀口，别说切菜，杀猪都没问题。

厨子把目光从蚂蚁身上移开，接过刀，在手里掂了掂：杀猪？你看杀人行吗？

杨铁汉赶紧做出一副胆小怕事的样子：兄弟，可别乱说，让太君听了，可是要掉脑袋的。

厨子就说：妈个巴子，他们听不懂，这小日本儿太不是东西！早晨无缘无故地扇了我两耳光，你说他小日本儿是人吗？

杨铁汉一脸同情地劝道：兄弟，人在檐下站，不得不低头啊，该忍就忍吧。

厨子立马瞪起了眼睛：这帮小鬼子咋不让县大队给收拾了呢。前几天，鬼子去抢粮，结果一个也没有回来。

杨铁汉见时机已到，便说：兄弟，你这儿做饭也够累的吧，几百号人的饭呢。

厨子把烟屁股扔在地上，用脚狠狠地碾了两下：妈的，前两天还三百多口子呢，现在让县大队一家伙给干掉几十个。

杨铁汉打着哈哈：兄弟给太君干活，说话还是小心些好。

厨子站起身，把磨好的菜刀在空中比画了两下，咬着牙说：再敢欺负老子，非得和他们拼了不可。我以前可是杀猪的。

厨子丢下话，提着菜刀向兵营走去。走了两步，又停下来，冲杨铁汉道：磨刀的，今天日本人没给磨刀钱，下次一起给你。

杨铁汉冲他挥一下手：不急，有就给，没有就算了。

他目送着厨子走向日本人的兵营。只见磨刀时还一脸轩昂的厨子，走到日本卫兵面前，身子立马短了一截，菜刀也老老实实地捧在了手里。杨铁汉看在眼里，就在心里笑了笑，收拾起东西，向伪军的门口走去。

直到太阳落山时，杨铁汉才扛着磨刀的家什回到振兴杂货铺。之前，他已经用磨刀的钱买了一些杂粮和青菜，还没有走进门，孩子们老远就迎了上来。盼妮接过他手里的菜，盼春一边往屋里跑，一边喊着：娘，爹买菜回来了。

很快，一家人就围坐在一起，吃上了彩凤做好的晚饭。看似简单的饭菜，却给平淡的日子添了些烟火气。

吃完饭，杨铁汉坐在门前，和孩子们玩上一会儿。他望着眼前的四个孩子，竟觉得既熟悉又陌生，如果不是小鬼子，他早就和小菊圆房了，说不定孩子也会满地乱跑了。恍惚间，他似乎坐在自家的院子里，屋里忙碌的不是彩凤，是小菊；而此时正坐在这里的却是魏大河。想到大河，他的心猛地往下一沉，他下意识地在怀里摸了摸那枚坚硬的子弹壳，大河牺牲的样子就历历在目了。他说过的话，也又一次在耳边响起：大河，你放心地走吧，他们娘儿俩有我呢。以后有我吃干的，就决不让他们喝稀的。他顿时感到肩上像压了磨一般，沉甸甸的。

孩子们被彩凤安顿着睡下后，杨铁汉在杂货铺的外间打了地铺。他坐在黑暗里，一时没有睡意。彩凤在他面前时不时地会念叨起魏大河，他却无法应对，也不能告诉她事情的真相。他只能在心里暗暗地为彩凤叹气。

彩凤端了一盏油灯出现在他面前。油灯被放在桌子的一角，飘忽不定的光亮便映在两个人的身上。

孩子们都睡了，你也早点睡吧。杨铁汉望着彩凤说。

彩凤不说话，拉过一只小凳，坐在那里缝补着孩子们的裤子。过了一会儿，她总算缝好了，一边收拾着，一边问：铁汉，你跟我说句实话，你离开县大队时，大河还在吗？

彩凤已经不止一次这样问过了，杨铁汉每一次都铁嘴钢牙地说：他挺好，你放心吧。

彩凤悠长地叹了一口气，幽幽地说：大河已经快半年没有消息了。

城里的鬼子戒备得严，县大队很久没到城里活动了。没啥事，彩凤你不用太惦记。

彩凤像下了决心，突然抬起头来：铁汉，你能帮我照顾两天孩子吗？我想出城找一找县大队。

听了彩凤的话，杨铁汉吃惊得张大了嘴巴。

我一定要见见大河，不管他是死是活。彩凤的口气变得坚定起来。

杨铁汉就不知说什么好了，他的心似乎被重重地敲了两下。那一刻，他真想把实情告诉彩凤，可这又是组织纪律所不允许的。半晌，他说：彩凤，要不我出城帮你打听一下。

彩凤摇摇头，固执地说：我要亲眼看到大河。

杨铁汉坐在灯影里，望着坚定不移的彩凤似乎想了很多，又似乎什么也没有想。

彩凤说完，端起油灯走了，留下一片黑暗。

杨铁汉依然坐在那里，伸手摸出那枚子弹壳，在手里死死地攥着，泪水不知道什么时候从脸颊上流了下来，滴落在他的手上。

彩凤在杨铁汉和孩子们的目送下，背着一只蓝布包袱出发了，她执意要去寻找魏大河。杨铁汉心里是清楚的，她的寻找是徒劳的，可他又不能把话说破，只是一遍遍地说：彩凤，别找了。县大队肯定任务重，要不，大河一定会回来看你的。

这我都想过，但我还是放心不下。我只有看到大河，我的心才能踏实。

彩凤一意孤行的样子，杨铁汉也只能在心里重重地为她叹息了。

彩凤就这么走了，一直向城外走去。

城里的鬼子和伪军大多都龟缩在炮楼里，将城外的空间留给了八路军，城外就是另外一个世界了。彩凤每到一个村庄，都会被村口拿着红缨枪的少年盘问一番。这天，彩凤刚走到一个村口，就见两个少年，手执红缨枪从柴火垛后面冲了出来。她怔怔地望着两个少年，不解地问：这是干啥？

其中一个少年一脸警惕地说：路条，你的路条呢？

彩凤一副摸不着头脑的样子，她头一次听说进村还要路条，而这路条又是什么？她茫然地摇摇头，但却坚定地说：我要找八路军县大队。

两个少年对视一眼，脸上的表情就更加严肃了。少年们看她再也说不出什么，就一起举起了手里的红缨枪。

彩凤看着他们还是那一句话：我要找县大队。

少年不理她，固执地伸出手：拿出路条来，没有路条，你不能进村。

最后，彩凤还是没有进到村子里。在其他村子遇到的情形也大致如此，她在城外转悠了两天，也没有碰到县大队的影子，仿佛县大队从人间蒸发了。在她没出城时，她以为一个村挨着一个村地找，肯定能找到县大队。没想到，却是这样一个结果。

彩凤回来的时候，杨铁汉正坐在杂货铺的门前磨着刀，四个孩子在一边嘻嘻哈哈地闹着。杨铁汉抬起头时，远远地，就看到了彩凤，他磨刀的手停止了动作。直到看着神情落寞的彩凤，慢慢地一点点走近。

看到彩凤，抗生喊一声“妈”，就扑过去，抓住了彩凤的一只手，另外几个孩子怔了一下，也一同扑过去，拉手，扯衣角的，一起喊着“妈”。自从上次，彩凤和杨铁汉把孩子们从日本兵营里接回来，孩子们就亲亲热热地视彩凤为一家人了。

彩凤立在那儿，看看这个，又瞧瞧那个，突然，她捂着脸哭了起来，人顺势蹲在了地上。

杨铁汉看到眼前的情景，忙跑到屋里，望着彩凤，不知道发生了什么。

彩凤，你这是咋了？

彩凤直起身，拎起包袱，径直走进里屋，反手关上了门。

杨铁汉和孩子们清楚地听到了彩凤伤心欲绝的哭声。

杨铁汉怔在那里，孩子们也不知所措地愣在那里。

许久之后，彩凤停止了哭泣，走进厨房，开始为一家人做饭。

那顿晚饭很丰盛。当一家人坐在一起时，彩凤仍然一言不发。孩子毕竟是孩子，看到眼前丰盛的饭菜，个个都是欢呼雀跃的样子。杨铁汉却无论如何也高兴不起来，在这两天的时间里，他时刻都在担心着彩凤的安全，但也更怕她知道大河牺牲的消息。人有希望的时候，生活是有奔头的；如果彩凤真的知道大河牺牲了，她又怎么能撑得下去呢？杨铁汉一直胡思乱想着。

现在，彩凤回来了，他的心也踏实了一半。可彩凤回来后的反常，又让他心里七上八下起来。吃饭的时候，杨铁汉几次想问个究竟，却又欲言又止。

终于等到晚上，孩子们都睡下了，彩凤又端着油灯出现在杂货铺。杨铁汉知道，彩凤要和他摊牌了，他纷乱的心，莫名地乱跳了起来。

他望着灯影里的彩凤，小心翼翼地问：找到县大队了？

彩凤的表情充满了失落和忧伤，她慢慢摇了摇头。

杨铁汉暗暗松了一口气。

彩凤自言自语着：县大队能去哪儿啊？

我跟你说过，县大队没个固定的住所，要是那么容易就能找到县大队，小鬼子早就找到了。县大队是在和鬼子捉迷藏呢。

彩凤叹口气说：这两天我做了两回梦，每回都能梦见大河，他一直冲我说，彩凤你要照顾好自己和孩子。他这么说，我就有种不好的感觉。

杨铁汉怔怔地坐在那里，心里又一阵扑通通乱跳，半晌才说：彩凤，你别乱想，大河他好好的呢，你不用为他担心。

彩凤捋了一下散在耳边的头发，望着杨铁汉忽然说了一句：我知道，你是在为八路军做事。

杨铁汉听了，心里一惊，他死死地盯着灯影里的彩凤。

刚开始，你带着军军时，我以为他是你的孩子。后来，又来了盼妮和盼春，我就猜想，你一定是在为八路军做事。这些孩子一定是没爹没娘了，放在你这里是暂时的，他们早晚要离开这里。

杨铁汉低下了头，无声地叹了口气。彩凤的确是个聪明的女人，但她却一直没有把话说破，甚至从没有问过这些孩子的来历。看来，他有些小看她了。

彩凤又说：杨铁汉，既然你还是八路军的人，你就一定知道大河的下落。你告诉我，就算他死了，我心里也好有个数，至少不再惦记他。

杨铁汉张了张嘴，话几乎到了嘴边，可看到彩凤那期待的目光，他又把话生生地咽了回去。他摇了摇头，说：彩凤，我都离开县大队半年多了，我真不知道大河的情况。

彩凤认真地看了眼杨铁汉，算是相信了他的话。她抬起头，心事重重地说：我知道，大河他们整天和日本人打仗，枪子儿是不长眼睛的。这次我去乡下，晚上就躲在山里，看到了许多的坟头。我知道，那不是普通的坟头，那里埋着的一定是县大队的人。没有纸钱，也没有烧纸，都是慌慌张张埋上的。

彩凤说到这儿时，已经是一脸泪痕了。

杨铁汉看到彩凤这样，心里又被一种重重的东西敲击了一下。想起那些战友牺牲时死不瞑目的样子，他的声音也有些发哽：你不要乱想，大河他没事的。就是他有啥事，还有我呢。

彩凤抹了一把脸上的泪，掷地有声地说：过几天，我还要去找大河。我活要见人，死要见尸。

杨铁汉时刻在等待着老葛的通知，三个孩子已经成了他心里最大的负担。前几日，鬼子和伪军又来了一次全城大搜捕。夜半时分，杂货铺的门被砸得山响，有了上次的经历，孩子们早已乱作一团，吓得瑟瑟发抖。鬼子闯进屋后，一阵乱翻乱砸之后扬长而去。

军军和抗生躲在彩凤的怀里，一边发抖，一边喊着：妈，我怕——

大一些的盼妮和盼春一边一个抱住彩凤的胳膊，眼里充满了恐惧和不安。

杨铁汉看着孩子们，心里就很复杂，认为是自己没有保护好孩子，让他们受到了惊吓。在没有带这几个孩子前，他对孩子几乎没有什么感觉，当他们一个个走进他的生活后，他才开始感受到肩上的责任。尽管这种责任首先是一项任务，他必须要保证孩子们的安全，并将他们顺利地转移出去。可当他看到孩子们用那种无助的目光望着他的时候，他的内心又多了一种父亲的情感，这种情感像破土的笋芽，一节节地在他的身体里生长着。正是这深沉的责任与情感，让他在不安中一天天等待着。

这天，杨铁汉没有等来把孩子们送走的通知，却等来了另外一个消息。

老葛派人通知他，晚上去一趟药房。接到老葛的通知，他就想，一定是为了这三个孩子的事。

傍晚的时候，他迫不及待地来到了药房的后门。见四下无人，他开始敲门，重三下，轻三下，这是他和老葛约定的暗号。

敲过后，门立刻打开了。来人把他领到了一间地下室里。

地下室正中的桌子上放了两盏煤油灯，老葛郑重地端坐在椅子上。以前，老葛见他都是在药房的阁楼里，在地下室还是头一回。他在这里可以感受到这里经常有人光顾，很多把椅子凌乱地摆在那里，桌上的烟灰缸里堆着满满的烟头。杨铁汉意识到了某种异常。

他在老葛的示意下，坐在了一把椅子上。他刚一坐下，就迫不及待地问：老葛同志，孩子们什么时候送走？

老葛摇摇头说：今天不是说孩子的事，我想和你谈另外一件事情。

说到这儿，老葛挺了挺腰板，样子越发严肃起来。

老葛说：白果树同志，经过这段时间的工作，组织对你是满意的，你已经完成了组织对你的考察。

杨铁汉站了起来，神情认真地看着面前的老葛。他知道，眼前的老葛是他的直接领导，在组织面前，他下意识地站了起来。

老葛摆了下手，说：白果树同志，你坐。

他不坐，他知道老葛一定有什么重大的事情要对他说。

老葛也站了起来，激动地冲他说：白果树同志，你愿意为共产主义事业献身吗？

杨铁汉对共产主义的认识是在参加县大队后，从肖大队长和刘政委嘴里听到过。刚开始，他参加县大队的目的只有一个，那就是打鬼子，把日本人从中国赶出去，只有这样，百姓才能过上太平日子。后来，他慢慢地理解了共产主义，也知道了，打鬼子并不是最终的目的，只有建设共产主义，推翻剥削阶级，老百姓才能过上舒心的生活。那是个理想的社会，他在心里早就神往过无数回了。此时，见老葛这么问，他挺胸抬头回答道：老葛同志，我愿意。

老葛又问：你愿意为共产主义奋斗终身吗？

他斩钉截铁地说：我愿意。

老葛还问：你能为共产主义的事业抛头颅，洒热血吗？

我愿意。他的声音有些颤抖了，他意识到自己的命运将有大的转机了。

老葛问完话，从桌子底下拿出了一张表格：白果树同志，经组织研究决定，发展你为中共地下党员。

看着递到眼前的表格，他的手在抖，心在跳。栏目里的很多内容，老葛已经为他填好了。这时，老葛又拿出一盒印泥说：你在这里按个手印吧。

在老葛的指点下，他郑重地按下了自己的手印。看着表格上按下的鲜红欲滴的指印，他的脑子里一片空白。

老葛收起表格，握住他的手，向他表示祝贺：白果树同志，你的入党申请还要报到省委，等组织审批后，你就是正式的中共地下党员了。祝贺你！

老葛热烈地抓住他的手，用力地摇了摇。

那一刻，他感到老葛的手很热，也很大。他忽然竟有了想哭的感觉。

意　　外

那些日子里，杨铁汉一想起自己即将成为中共地下党员就激动万分。在八路军县大队时，他也递交过入党申请书，肖大队长和刘政委也分别找他们谈过话。他在谈话中了解到，要成为一名中共党员的路还很漫长，组织正在考验他。肖大队长和刘政委自然是党员，党员经常要在一起开会，每次看到党员们在一起开会，他就很羡慕那些党员同志。在战斗打到最关键的时刻，肖大队长和刘政委都会说：党员同志留下，其他同志撤出战斗。那些党员便奋不顾身地把危险留给自己，将平安让给了别人。在县大队时，他就想做一名党员，成为县大队的核心，就在他朝着这个目标努力时，他接到了新的任务，离开了县大队。

此刻，他就要成为一名中共地下党员了。晚上睡觉时，睁眼闭眼的，都是老葛找他谈话时的情形。有几次，夜半醒来，推开孩子们的房门，看到孩子们沉睡在梦中，他才又一次踏实下来。但一想到，还不知何时才能将孩子转移走时，心里就沉甸甸的。

几天后，老葛的联络员交给杨铁汉一个牛皮信封。信封已经用蜡封好了，并不厚重，像是只装了几张纸的样子。联络员交给他这封信时交代说，这封信是转交给县委组织部的。他知道，这是一封党的机密文件，看似很轻，拿在手里却很重。党的机密对他来说，比生命还重。这是在省委接受地下工作培训时，李科长一再强调的。他一直牢记着，在执行任务时，他也是严格按照组织的要求去做。

按照规定，老葛是直接面对省委领导，省委的指示则通过他传达到他的下线小邓，然后，再由小邓负责联络县委。尽管他们没有把自己的分工明确说明，但经过这一段时间的地下工作，他基本了解了这一脉络。

接到这封信后，他就开始联络小邓。他一连找了三次小邓，却都没有见到。那几天，他怀揣着组织的信函，肩上扛着磨刀的家什，一直在小邓住的那条巷子里转悠。

他在离小邓家不远的地方吆喝着：磨剪子嘞，戗菜刀——

以前，小邓听到他的吆喝，就会走出来，手里提把菜刀，或一把剪子，走到跟前说：师傅，帮我把这刀拾弄一下。

他接过来，就在磨刀石上奋力地磨起来。小邓就蹲在地上，一边吸烟，一边有一搭、无一搭地说话。见四周无人，杨铁汉就把要传递的信件和那把磨好的刀一并递过去。如果小邓也有情报需要他转交，就把情报夹在零钱里，塞到他手上。他看一眼小邓，数也不数地把钱揣到了口袋里。

完成任务后，他就扛起磨刀的家什，一边吆喝，一边轻松地往回走。

此时的巷子里，他一声高似一声地吆喝着，却迟迟不见小邓的身影，他的心开始有些不安。他不停地抬起头，打量着四周。这时，从一户院子里走出来一个老汉，怀里抱着两把菜刀，“咣当”一声，扔在他的脚下，不说一句话，向前走了两步，蹲在墙根下，“吧嗒吧嗒”地吸起了卷烟。很快，烟雾一层一层地把老汉的脸笼罩了。

他看了一眼老汉，又看了一眼老汉，便开始磨刀。刀很快就磨好了，他伸手试了试刀锋，把两把磨好的菜刀递给老汉。

老汉慢慢从地上站了起来。他一边冲小邓家努着嘴，一边问老汉：

大爷，这家人怎么不见了，我还要把磨好的刀还给他呢。

老汉赶紧左右看了看，压低声音说：快走吧，别在这儿停留。

他一时不解：哎，我得还给他刀啊——

老汉一边给他掏钱，一边说：前两天，那个小伙子就被便衣带走了。

说完，老汉又看了眼四周，用更小的声音说：听说那小伙子是共产党，他们现在还想抓过来接头的人呢。

老汉说完，提着刀，头也不回地走了。

杨铁汉再抬头时，果然看见两个游手好闲的人，在巷子口晃悠，还不时地向这里张望。

这一发现，让他的脊背冒出一层冷汗。他很快收拾好东西，一边喊着，一边走出巷子。他的身后有人在喊：磨刀的，我这儿有把刀。

他听见了，却像没听见似的，撒开腿向前走去。此时，他的心里只有一个念头，那就是尽快把小邓被捕的消息向老葛汇报。

就在他快走到老葛的药房时，他被眼前的景象惊呆了——街口的两边被鬼子和伪军戒严了。药房门前停着一辆警车，他看见两个鬼子和两个伪军，把老葛和另外一个联络员推上了警车。

警车鸣叫着从他的眼前开了过去，透过车窗，他看见了老葛。老葛的样子还是那么平静，老葛似乎也发现了他，很深地看了他一眼，然后就扭过头去。

他被老葛的那一眼看得一哆嗦。

警车呼啸而去。鬼子和伪军也纷纷撤离。

站在远处的人们这才拥过来，七嘴八舌地议论着。

一个说：药房掌柜是地下党，让鬼子给抓走了。

另一个问：那小徒弟咋也给抓走了？

有人就说：那还用说，他们是一伙的呗。

一群人向药房拥过去，看门上鬼子贴着的封条。他也随着看热闹的人群挤了上去。

老葛在他眼前明白无误地被鬼子抓走了，小邓也被抓走了，失去了上线和下线，他现在是孤身一人。此时，看罢热闹的百姓也纷纷散开了，街上只剩下他这个磨刀匠，扛着磨刀的家什，形单影只地游走在街上。眼前的情景，似乎更像是他此时的心情。

我该怎么办？他这么问着自己。他这么问自己时，血液仿佛又重新回到了他的脑子里，

他甩一下有些发蒙的脑袋，人一下子变得清醒起来。他首先想到的就是自己眼下的处境：老葛和小邓都出事了，说不定下一个就该轮到他了。想到这儿，他又想到了那三个还没有转移的孩子，自己的安危并不重要，但不能让几个孩子有半步差池，这可是组织交给他的任务。这时，他下意识地摸了一把怀里的那封信。牛皮纸信封硬挺挺的还在，他的心里踏实了一些。

他快步向振兴杂货铺走去，那里有组织上交给他的三个孩子。

他走在路上，脑子里飞快地思考着。当他看到玩耍的孩子们时，焦躁的心也安稳了下来。他撂下肩上的东西，一把将孩子们推进了杂货铺，顺手关上了大门。

他长舒了一口气，冲忙碌着的彩凤说：彩凤，我要带三个孩子出去一下。

彩凤虽然没有正面和他谈论过三个孩子的话题，但她已经意识到了三个孩子的特殊身份。见杨铁汉神色紧张的样子，她没有多说什么，从货架上拿出几袋饼干，用布包了，塞到杨铁汉的手里：拿上吧，说不定能用上。

他接过彩凤递给他的布包，带着三个孩子走出了杂货铺。他不想让三个孩子在城里多停上一分钟，多停留一会儿，就会多一分危险。老葛

和小邓先后被捕，说明敌人早就注意上了他们。他不能不防备万一。

走出杂货铺时，他回过头，冲彩凤叮嘱说：你也要小心啊。

抗生不明白发生了什么，呆呆地望着三个小伙伴。当杨铁汉领着三个孩子转过街角时，他突然“哇”的一声哭了。

杨铁汉一走，彩凤的心也一下子冷清了。她把抗生抱起，返身进了铺子。忽然，她很快又走了出来，很快地上好了门板。关上门时，她的心还怦怦地跳着。虽然，她不知道发生了什么，但她意识到有大事发生了，否则，杨铁汉不会慌慌张张地带走三个孩子。直到这时，她的心里又一次肯定了自己的判断——杨铁汉还在做着抗日工作。这时候，她就又想起了大河，心里便无法平静了。

抗生抓住彩凤的手，一迭声地问：妈，军军他们为啥走啊？

彩凤伸手捂住了抗生的嘴，小声叮咛道：抗生，你给妈记住了，不管什么人问起那三个孩子，你都说不知道。

抗生似懂非懂地点点头。

她不放心地又问了一句：记住了？

抗生用力地点了一次头。尽管抗生还不知道这一切是为了什么，但他从母亲的眼神里感受到了这次的不同寻常。

杨铁汉带上三个孩子出城后，在郊外的半山坡上找到了一座破庙，就把孩子们安顿下来。直到这时，他才算松了一口气。突然的变故把三个孩子弄得有些发愣，他们不知道发生了什么，只是感受到了危险的存在。在三个孩子的经历中，这只是诸多危险中的一次，他们仰起小脸，眼巴巴地望着杨铁汉。

军军毕竟年龄小一些，他扑过来，抱住了杨铁汉的脖子，心惊胆战地说：爸，我害怕，咱们啥时候去城里呀？

这时，外面刮起了风，整个破庙摇摇欲坠地响成一团。盼妮和盼春也扑进他的怀里，死死地搂住他。他用力地把三个孩子抱在怀里，心里阴晴雨雪的很是复杂。组织把三个孩子交到他的手里，可眼下，上线、下线已经不复存在，想把三个孩子送出去，他就必须首先找到组织。想到这里，一个念头冒了出来，他天亮就要回到城里去，他不能离开自己的岗位；只有在自己的岗位上，组织才能派人联系上他。

天终于亮了，他冲三个孩子说：你们在这里等我，我回城里看看。过一两天，我会回来接你们。

三个孩子神情严肃地点了点头。

他拉过盼妮，轻轻地拍着她的肩头：你是姐姐，这里你最大，你要照顾好弟弟们。记住，千万别离开这里，等着我回来。

叮嘱完盼妮，他心急火燎地往庙门走去。快走到门口时，他回了一次头，看着三个孩子眼巴巴地目送着他。他停下脚步，冲他们说：饿了，就吃彩凤妈妈给你们带的饼干。

走出庙门，他小心地把东摇西晃的庙门掩上了。快走到山下时，他的手碰到了怀里那封没有来得及送出去的信。他想了想，走到一棵树旁，在树下挖了一个坑，从衣服上撕下一块布，把信封严严实实地包上，才埋到土里。做完这一切他仍然不放心，又搬来一块石头，压在那片新土上，这才放心地走了。

回到城里，他去了布衣巷十八号，这是组织给他安排的第一个联络点，自从搬到振兴杂货铺，他已经很少回到这里了。望着落满灰尘的屋子，他开始动手打扫起来，这里擦了，那里抹了后，他把门打开，搬个凳子坐到了门口。每一个路过门口的人，他都要认真地看上一眼，他希望有人能走进来，说上一句：老家人急需白果，你这里有吗？

每当巷子里响起脚步声时，他都会神情紧张地竖起耳朵，心跳也随之加快。由远及近的脚步声没有在他的门口停留，匆匆地来，又匆匆地去了，他绷紧的神经才渐渐地松弛了下来。

忽然，他意识到不能坐着等下去了，他要走出去，把自己暴露在光天化日之下，也许这样，组织上的人才好与他接近。尽管，他清楚地知道将自己暴露出来是多么的危险，但在这危急时刻，他已经顾不上那么多了。现在，他必须要找到组织，不为自己，而是为了那三个孩子。没有组织的日子，让他无着无落，看不到未来，也看不到希望。于是，他又一次扛起了磨刀的家什，当“磨剪子嘞，戗菜刀”的喊声在大街小巷响起时，他似乎又回到了从前的日子。大街依旧，小巷如常，只是自己的吆喝声空洞苍白，一点儿底气也没有。

杨铁汉鬼使神差地又来到了振兴杂货铺前，这里的情形没有什么变化，只是少了孩子们嬉闹的身影。他站在门前，呆呆地望着眼前的一切。

门轻轻一推，就开了。他一眼就看到了屋里的抗生，抗生似乎被惊吓住了，半晌才看清他，一下子扑过来问：姐姐和哥哥呢？

他抱住抗生，像是抱住了那三个孩子，鼻子顿时有些酸。彩凤这时走过来，望着他，压低声音问：三个孩子都送走了？

他摇摇头：我把他们安顿在一个破庙里。

彩凤立时急了：你让三个孩子待在庙里，他们吃啥喝啥？

你给他们带的饼干，能让他们坚持上两天。

彩凤不说什么了。他想起什么似的问：有人来找我吗？

彩凤摇了摇头。他心里就失望了几分，当他走出杂货铺时，抗生在他身后说：让哥哥和姐姐回来吧，我想他们。

他没有回头，心里又开始记挂起那三个孩子。

他把磨刀的家什放回到布衣巷十八号，锁上门，上街买了一些吃的，急匆匆地往城外赶去。

傍晚的时候，他回到了破庙里。

推开歪斜着的庙门，里面静静的，他的心猛地一沉，大喊了起来：

盼妮，盼春，军军——

他喊了半天，才听到里面有动静。三个孩子从香炉后、条案下灰头土脸地钻了出来。看到他们，他心里才踏实了一些。看着孩子们狼吞虎咽地吃着他带来的东西，他冲自己发着狠说：一定要找到组织，把孩子们安全地送出去。他们是烈士留下的种子，他要对得起那些牺牲的烈士们。想到这儿，他又想起了战友魏大河，心顿时又一次沉重了起来。

那几日，白天，他把孩子们安顿在破庙里，自己进城去寻找组织。晚上，他又回来到破庙里，陪伴着那几个可怜的孩子。

他每次离开时，孩子们的目光都会远远地追着他。傍晚的时候，那几双目光又热切地迎着他的归来。刚开始，孩子们还会问：爸，啥时候把我们送走啊？

时间长了，三个孩子也变得沉默起来。他们接过吃的，安静地吃起来。盼妮是女孩子，年龄又大些，就懂事地安慰着他说：爸，咱们不急，我们在庙里待着挺好的。

他伸出手，摸着孩子们的头，心里就猫抓狗咬地难受。

当杨铁汉又一次进城，扛着磨刀的家什，走街串巷地寻找组织时，他看到了令他终生难忘的一幕。

县城那条最宽的大街被鬼子和伪军戒严了，城里的百姓交头接耳地拥到大街上，他不知道发生了什么，也随着人流拥过去。他冲人群里的一个老汉打听道：这又发生了啥事？

老汉摇摇头，叹口气说：唉，日本人又要杀人了。

杀什么人？他的呼吸急促起来。

听说是共产党，哎，来了，来了——

老汉用手指着，伸长脖子，向前望去。

他冲着老汉手指的方向望过去，就看到一群鬼子押着两个人走过来，那两个人身上戴着脚镣和手铐，每走一步，就会发出“哗啦哗啦”的声音。两人走得很慢，鬼子似乎也并不着急，鬼子要的就是这种效果，他们要杀一儆百。看到的人越多，效果就越好。

那两个人越来越近了，杨铁汉几乎不敢相信自己的眼睛，他揉了揉眼睛，终于看清楚这两个人正是老葛和小邓。他几乎认不出来他们了，短短的几天，他们遍体鳞伤，人也瘦得皮包骨头，可他们的表情却是从容和镇定。他看到他们的样子，倒吸了一口凉气。

老葛和小邓微笑着，不停地望着两旁驻足的人群。

终于，老葛和小邓的目光停留在他的身上，当几双目光碰在一起的瞬间，他张开嘴，几乎要喊出来。后来，人群中就响起了一声高亢的吆喝：磨剪子嘞，戗菜刀——

那声音带着一种哭腔。老葛和小邓同时怔了一下，他们马上收回了自己的目光。老葛突然仰起头，冲着深远的蓝天，用力喊道：共产党人是杀不绝的！四万万的同胞们，让我们团结起来，把日本鬼子赶出中国去！

小邓也喊了起来：团结起来，把鬼子赶出去！

围观的人群有些骚动了。鬼子兵们举起枪托，狠狠地砸在两个人的身上。

老葛的脸上流着血，他艰难地回过头，冲着杨铁汉的方向，嘶声喊出一句：老家还等着白果下药呢。

老葛喊出这一句，就头也不抬地向前走去。

杨铁汉听了，身子颤了一下，他知道老葛这话是说给他听的。他明白这句话的含义，即使老葛和小邓不在了，“老家人”也会和他联络的。

那天傍晚，他又一次走出城门时，一眼就看到了挂在城门楼上的老葛和小邓的人头。城墙门口贴着告示，几个进城出城的人正围在那里看着。

他不知道自己是怎么走出城门的。直到远离了鬼子的视线，他抱住一棵树，哀伤地痛哭起来。

老葛和小邓就这么牺牲了，他们用生命保全了地下组织。否则，结局也许会是另外一种样子。

那晚，回到庙里，他把吃的交给孩子们后，就躲在一边，默然地坐了许久。

半晌，他轻叹了口气，似呻似唤地说：明天，咱们回城。

孩子们听到这句话，高兴地蹦了起来。在庙里的这些日子，让他们担惊受怕够了。看到三个孩子高兴的样子，他的眼泪又一次流了下来。

第二天，他把三个孩子带回城里后，安置到了布衣巷十八号。然后，他去振兴杂货铺找到了彩凤，为了孩子们，也为了自己和彩凤，他要和她谈一谈。

他在杂货铺里对彩凤说：我把孩子们接回来了。

彩凤看着他，眼里充满了哀伤：鬼子杀地下党的事我听说了，现在，那两颗人头还挂在城门楼上。

他望了一眼彩凤，心里动了一下，他明白通过这件事，彩凤已经明白无误地意识到了什么。以前，对于他的身份，彩凤也许只是有些猜测和怀疑，但通过这一次，彩凤肯定什么都清楚了。

他清了一下嗓子，接下去说：为了三个孩子，也为了你和抗生，我还想让三个孩子过来住上一段，等条件好了，我会把他们送走。

彩凤低下头去：你应该直接把孩子们送我这儿来。你们不在，我和抗生也不安全。

他终于长长地吐出一口气来。

彩凤没有去看他，又说：别忘了，大河在县大队，他也是一名抗日战士。

等待组织

杨铁汉带着三个孩子又和彩凤、抗生生活在了一起。有了女人的日子是踏实的，孩子们又一次感受到了幸福。

老葛和小邓不在了，杨铁汉就此和组织失去了联系，但他坚信，组织是不会把他遗忘的，他们一定会来找他。从那以后，他更加勤奋地扛着磨刀的家什，一次次地走向大街小巷。他开始关注每一个走近他的陌生人，有几次，他几乎感受到对方就是来找他接头的，他甚至忍不住地问：您需要白果吗？

对方看着他，一脸的不解：什么白果？我是来磨刀的。

刚刚燃起的希望，又"呼啦"一声熄灭掉了。他不再去想什么，专心地磨刀。磨完刀后，他用力地喊一声：磨剪子嘞，戗菜刀——

声音响亮地穿透着大街小巷的每一个角落。

更多的时候，他置身于街口，好让来来往往的人都能看到他。他盯着每一个路过身边的人，希望有人能走过来，问他一句：你有白果吗？老家要急用。

这是他们的接头暗号，能够和自己的人接上头，那会是怎样的一种情形啊！可惜，这样的场景并没有出现。

白天，他有时也会回到布衣巷十八号，将紧闭的大门打开，烧上一壶水，让烟火的气息传递出去。他做这一切，只为让人发现他的存在。

更多的时候，干脆就坐在门口霍霍地磨刀，他从没有这么卖力地磨过刀。“嚓嚓啦啦”的磨刀声，很有节奏地响着。当然，他做这一切也是醉翁之意不在酒。

有时半夜，他会从杂货铺悄悄溜回到布衣巷十八号。静静地躺在床上，却睡意全无。他支起耳朵仔细听着外面的每一丝响动，有几次，他似乎听到了敲门声。他爬起来，打开门，门口空荡荡的，一个人影也没有。他不相信自己听错了，用力地咳嗽一声，站在门里等待着。一阵风刮来，吹的门板响了一气。他这才意识到，刚才的门响是风刮的。

有时他在梦里，竟梦见组织派人来找他，他激动地叫起来：你们可来了——

他在梦里伸出了手。结果，他就醒了，看到自己果然把手伸了出去，在黑暗中空空地抓着。直到这时，他才明白自己是做了个梦。现实中的他，无奈地收回一双手，翻转过身去。这时，他似乎又听到有人在敲门，他又一虎身去开门。结果，自然又是失望而归。此时，外面风声正紧。

实在等得焦心，他就从地砖下掏出那封绝密的信件，捧在手里，呆呆地看上一阵子。这是组织交给他的最后一封信件，他还没来得及送出去，就与组织失去了联络。这是组织的机密，他不敢有半点闪失。从城外回到城里后，他就用猪尿脬把信封严严实实地裹了，悄悄地埋到了屋里的地砖下。

当他独自一人看着那封信时，有几次竟冲动得想去拆开那封信，就在他伸出手去的一刹那，李科长的话在耳边响了起来：地下工作者的首要原则就是保密，不该问的不问，不该知道的不要知道……

在等待组织与他联络的日子里，杨铁汉的内心是焦灼的，他的不安除了那几个孩子，更多的还源于那封没有送出去的信。这天晚上，他忽然就做了一个梦，梦见戴着眼镜的李科长正急切地望着他。他醒来后，心就乱跳一气。突然，一个大胆的想法从他的脑海里冒了出来——他要主动去寻找组织，送出那封绝密的信件。想到这儿，他激动得再也无法入睡，睁着眼等到了天亮。

天一亮，他冲彩凤交代了几句，便匆匆上路了。那个村庄他是记得的，天黑的时候，他终于来到了那个小村庄。

他刚走进村口，就被两个民兵拦住了。民兵手里拿的并不是枪，而是秃了头的红缨枪。这一切并没有影响他见到亲人时的喜悦，他伸出手，热热地叫一声：同志，我要找省委。

那两个民兵并没有和他握手，其中一个人盯着他看了半晌：你的路条？

他不解地皱起眉头：路条？啥路条？我没有。

另一个民兵就说：你刚才说啥？要找啥？

我找省委的李科长，去年在这里培训我们的李科长。

听了他的话，两个民兵对视了一眼，其中一个人打了一声呼哨。没多一会儿，就有几个同样持红缨枪的人跑了过来。

队长，有情况？来人气喘吁吁地问。

被称为队长的人摆了一下头，杨铁汉就被人抓住了胳膊，蒙上眼睛，跌跌撞撞地被带到了一个房间里。屋里的桌子上飘忽着一盏油灯，迎面端坐着一位长着胡子的汉子。他看到这个人时差点叫了起来，这人正是胡村长。他在村里培训的时候，胡村长见过他。这一发现，让他惊喜无比，他叫一声：胡村长，你不认识我了？

胡村长上上下下地把他打量了一遍。

我去年在这里培训时，你还来看过我们。

胡村长似乎想起了什么，欠了一下身子，就要伸出手时，又谨慎地把手缩了回去。

胡村长看了他一眼，慢悠悠地说：就快黎明了，黑暗还能持续多久呢？

胡村长说完这句话，就一脸期待地望着他。凭他在地下组织工作的经验，他知道胡村长说的是一句暗号，可他并不知道如何去对这句暗语。

他愣愣地说：我要找省委的李科长，我有重要的事情向他汇报。

胡村长就站起身说：什么李科长？我不认识。

他急得搓起了手：就是去年在这里培训我们的李科长。

胡村长不说话了，背着手，深沉地看了他一眼，打了一声呼哨，两个持红缨枪的人闯了进来。

胡村长威严地下了命令：把他带走，哪儿来的送回哪儿去。

进来的两个人，不由分说架起他的胳膊，把他带了出去。

他不甘心，回过头冲胡村长说：村长，我真是要找李科长，有重要的事情向他汇报。

没有人再搭理他的话茬儿，他被推搡着到了村口。当时的他还不知道，省委特工科前几天刚遭到敌人的破坏，李科长和一些同志也被捕了。这时候他又来找李科长，不能不引起人们的怀疑。事实上，胡村长对他还是有印象的，否则，他也就不可能离开这个村子。

这是黎明前最为黑暗的一段时间，地下组织不断地遭到破坏，八路军县大队也被迫转移到了山里。不久之后，李科长和他的同志们就遭到了敌人的杀害。

这一切，杨铁汉不得而知。当他被手持红缨枪的人押送到村口时，他清楚地意识到，自己再也见不到李科长了。

无可奈何的杨铁汉，只好悻悻地又一次空手而归。

回到城里，他像丢了魂一样，坐在布衣巷十八号的院子里，一坐就是半晌。特别是看到那三个孩子时，他更加显得六神无主，坐立不安。

眼前的孩子和那封绝密的信件，这都是组织交给他的任务，现在，他一件也没有完成，他的心沉重得像压了块铁砣。

彩凤看着他焦灼、痛苦的样子，再看看那几个孩子，也只有在心里一遍遍地叹气。

看着身边愁眉不展的彩凤，他不安地说：这三个孩子可是给你添麻烦了。

他知道，现在的彩凤除了照应杂货铺和抗生，还要承担起母亲的责任，照顾着一大家人的生活。

彩凤听了他的话，半晌才幽幽地说：你这样也不是为了你自己。

彩凤的话就让他想到了牺牲的魏大河，想着自己对大河的承诺，他的心又“砰砰”地跳了几下。大河把照顾彩凤和抗生的担子交给了他，可现在他却什么也做不了，想到这儿，他就感到无比的愧疚。于是，他由衷地对彩凤说：彩凤，我对不住你和抗生，以后，我一定加倍补上……

彩凤打断他的话：铁汉，你不用这样，你是大河的战友，我相信你。

提到大河两个字，两个人就沉默了。自从上次彩凤寻找大河未果，她就有了一种不好的预感，做起事来也经常走神，常常一个人愣怔上好半晌。杨铁汉看在眼里，却又不知说什么好，他知道，彩凤又在惦念着大河。她越是这样，他就越发无法把大河的真实情况说出来。彩凤不知道真相，她就还有一份念想。除此之外，还有一个更重要的原因，那就是他此时的身份。关于他的身份，彩凤也许意识到了什么，但她却不能肯定。如果这时把大河的真实情况说出来，也就暴露了他的身份。这是组织纪律所不允许的。于是，在彩凤面前，他只能保持着沉默。

杨铁汉像一只断了线的风筝，无依无靠，他感受到了前所未有的孤独和茫然。眼下，他只有一个目的，那就是想方设法找到组织。没有组织的生活，让他变得杂乱而又盲目。他要找到组织，然后把三个孩子和那封信及早送出去。只有这样，他才能完成自己的工作。

现在，三个孩子每天都对他充满了期待。每当他扛着磨刀的家什迈出门槛时，孩子们都热切地跟在身后，目送着他出门。可看到他回来时垂头丧气的样子，孩子们的眼里也盛满了失望。

幸好，现在的生活是安全、踏实的，孩子们慢慢也就学会了等待。

在和组织失去联系的日子里，杨铁汉最终想到了县大队，县大队也是他最后一张底牌了。想起县大队，他的心里就有一种复杂的情感——是县大队让他成了一名抗日战士，可离开县大队时，因为工作的关系，竟没有来得及与战友们告别，就神秘地从县大队消失了。正是在绝望之中他想到了县大队，他希望通过县大队可以联系到省委。这个想法一经冒出，他就再也等不下去了。

出发前，他和彩凤认真地谈了一次。他告诉彩凤，他要出一趟门。在这段时间里，他不断地往外跑，每一次出去，彩凤并不多问什么，只是用担忧的眼神看着他远去。每当他失望而归时，彩凤仍然不去多说什么。

这一次，看着面前的彩凤，他像是下了决心，终于说：我要去找县大队。

彩凤听到“县大队”几个字时，眼睛猛然亮了一下，声音略有些颤抖地问：那你能见到大河了？

他没有点头，也没有摇头，望着彩凤心里很不是个滋味。

见到大河，你就告诉他，我和抗生都好，让他安心打鬼子。不方便进城，就别让他看我们娘儿俩了。

他望着彩凤，鼻子一酸。

那我就走了，孩子们就交给你了。

你等一下。

彩凤说完，从货架上取了一瓶酒递给他：大河就爱喝酒，这长时间没回来，不知道馋成啥样了。你给他带去。

他接过彩凤递过来的酒，忙转过身去：那我就走了。

彩凤脆亮亮地应了一声。

就这样，他开始了又一次的出门远行。

寻找县大队，他心里是有数的，他在县大队待了四年，从战士一直干到排长，对县大队的行动了如指掌，知道县大队经常会在哪一带活动，就是那里的堡垒户他也都很熟悉。

很快，他在小邱庄找到了村东头的孙大爷。以前，他们到小邱庄，都是在孙大爷家落脚，大队部也临时设在这里，他经常帮大爷劈柴、担水，应该说和大爷一家都很熟。

当他敲开孙大爷家的门时，开门的果然是孙大爷。孙大爷怔怔地看了他半晌，他叫了一声：大爷，我是铁汉。

孙大爷抹了一把眼睛，赶紧把他拉到屋里，上上下下地把他看了，才一脸惊怔地说：铁汉，你没牺牲？

孙大爷这么说，让他惊讶得张大了嘴巴。

孙大爷说：县大队又来过几次，你和大河都不在队伍里，我就到处打听，有人说你牺牲了，也有人说你失踪了。

这时，他才恍然大悟。他不想和孙大爷多解释什么，只是说：大爷，我去执行任务了。

孙大爷也不多问，从头到脚地又把他看了一遍，又一次拉住他的手，喃喃着：铁汉啊，活着就好。

接下来，他就向孙大爷打听县大队的情况。孙大爷睁大眼睛问：咋的，县大队的事你没听说啊？

他心里一惊，忙问：县大队咋了？

孙大爷就抹开了眼泪，蹲下身子，默默地卷了一支烟，半晌才说：听说城里出了叛徒，送出了假情报，县大队去阻击鬼子时就被包围了。那仗打了一天一夜呀，我们听着那枪炮声都揪心死了。

他的胸口一阵憋闷，仿佛呼吸都变得困难了。

孙大爷用袖子使劲儿擦一把眼睛，说：后来县大队总算突围出来，结果只冲出来十几个人，肖大队长牺牲了，刘政委也受了重伤，一直昏迷着。

那现在县大队在哪儿？

孙大爷把烟屁股狠狠地用脚踩了，红着眼圈说：听说突围后，就和外县的县大队合并了，他们很久都没有到这里来了。

他抓住孙大爷的胳膊，急切地追问：大爷，您知道是和哪个县大队合并吗？

孙大爷摇摇头：不知是哪个县大队。县大队吃了叛徒的亏，元气大伤啊！

他这才明白，老葛和小邓是遭到了叛徒的出卖。叛徒不仅出卖了他们，同时也出卖了县大队。他站在那里，一时不知说什么好。

他不知道自己是如何离开孙大爷家的。一路上，他魔怔地往前走着，眼前不停地闪现着县大队里那些熟悉的面孔。

他不知道在外面转了几天，最后就来到了魏大河的坟地。坟头上的草黄了，又绿了。他坐在大河的坟前，恍然就像坐在大河的身边，他悲怆地喊一声：兄弟，我来看你来了。

他拿出彩凤带给他的酒，慢慢地洒在大河的坟上。

做完这一切，他的眼泪就止不住地流了下来。他一边流泪，一边说：彩凤让我告诉你，他们娘儿俩都好，不用你惦记。

他抹了一把泪，又说：大河啊，咱们的队伍没有了，让叛徒给出卖了。肖大队长牺牲了，刘政委也受了重伤……

大河沉默着，只有坟头上传来沙沙作响的草声。

他还说：我现在是没有组织的人了，大河啊，我再也找不到组织了。

说到这里，他捂住脸号啕大哭起来。这么长时间里，所有的委屈都化作了汹涌的眼泪，肆意地在大河的坟前流淌着。

不知过了多久，他渐渐平静了下来。这时，太阳已经西斜，红彤彤地映着西边的山峦，他慢慢地站起身，一个趔趄，竟差点让他摔倒。他扶住身边的一棵树，此时的心情空前绝后地空落，无依无靠。

呆定片刻，他伸出手，给大河敬了个礼。

下山的时候，天已经黑了下来。他不知怎么就又走到了那座破庙里，这时的城门早已经关上了。

他躺在四处漏风的庙里，很快就睡着了。接下来，他就做了一个梦，梦见大河流着泪，冲他说：铁汉，你对不起我，我交代给你的事你没有完成。

在梦里，他想辩解，可又不知如何辩解。他看着大河流泪，自己也跟着流泪，大河还说：铁汉，你别忘了我们发过的誓言。

他说：我没忘。

大河执拗地说：你忘了。我知道，你把装着诺言的子弹壳埋到了地下。

他哭着喊着，人就醒了。他抹了一把脸，脸上湿漉漉的。

他再也睡不着了，睁眼闭眼的，全是县大队那些战友们的身影，他们依次地在他眼前闪过，不停地喊着他的名字。他一边流泪，一边哽咽着，一时不知自己是在梦里还是梦外。

天亮的时候，他走在回城的路上。一路上，他想了许多，又似乎什么也没有想起来，脑子里只有一个念头——他要去见彩凤，去向她说出一切。

他回城的第一件事，就是回到了布衣巷十八号，从地砖下取出了那枚子弹壳。他小心地从子弹壳里抠出了大河留给他的纸条，看着上面的一行字，他的眼泪又一次夺眶而出，一切恍惚又回到了昨天。很快，他把纸条又塞回到子弹壳里，放到怀里，匆匆去了振兴杂货铺。

远远地，他就看到了正在铺子前玩耍着的孩子们。望着几个孩子，他忽然觉得自己一点儿力气也没有了，腿像铅一样沉。孩子们这时候也看到了他，盼妮先是惊叫一声：爸，你回来了？

听到这一声喊，他差一点儿流出了眼泪，他知道，自己一次次地去寻找组织，就是希望尽快给孩子们找到安全的归宿，可现在，组织一时半会儿是找不到了。看着孩子们渴盼的眼神，作为他们的顶梁柱，他决不能让他们受一丝半点儿的委屈。

想到这儿，他蹲下身，张开胳膊，把孩子们拥在了怀里。他努力地做出高兴的表情，冲他们说：爸回来了，以后爸再也不离开你们了。

彩凤这时也走了出来，满怀希望又有些犹豫不定地看着眼前的一幕。他看着彩凤和抗生，心里又“砰砰”地乱跳一气。

那天晚上，孩子们睡下后，他轻轻地冲彩凤说：我有事要对你说。

彩凤点点头，端着一盏油灯，从里屋走进了杂货铺。

他拉过一只凳子，放在彩凤面前。彩凤刚一坐下，就急切地问：找到县大队，见到大河了？

他摇摇头，彩凤就一脸失望的神情。

他看着彩凤的眼睛说：彩凤，有件事我要告诉你。以前我一直瞒着你，今天，我要对你说实话。

彩凤的表情立刻紧张起来。他把怀里的那枚子弹壳拿了出来，又从里面小心地取出了那张纸条。彩凤看了他一眼，他沉默着把那张纸条递给了彩凤。

彩凤看了一遍，又看了一遍。当她再抬起头时，脸就白了。她抖着声音说：这是大河的字，我认得。

他猛吸了口气道：这是大河留下的。

她看着他：咋，大河不在了？

他点了点头，向彩凤讲了大河牺牲时的情形。当他说到两个人许下的承诺时，早已是声泪俱下。他说：彩凤，你放心，大河不在了，这个家还有我呢。以后，我不会让你和抗生受一点儿委屈，有我杨铁汉吃的，就不会让你们饿着。

彩凤捂住嘴，压抑地哭着。

他望着彩凤，一时不知说什么好。

过了半晌，彩凤终于缓过一口气来，撕心裂肺地冲着那张纸条说：大河啊，你咋就忍心扔下我们娘儿俩呀！你跟我说过，等把小日本儿赶走了，就回来跟俺娘儿俩过日子——

那一夜，他的耳边一直响着彩凤压抑的哭声。

他坐在黑漆漆的杂货铺里，睁着眼睛想了一夜。

生　活

第二天早晨，彩凤红肿着眼睛，把四个孩子聚集到了一起。她看了眼孩子，又看了眼杨铁汉，突然对孩子们说：你们都跪下。

孩子们不明白发生了什么，一脸不解地望着她。

她走到抗生身边，踢了一下抗生的小腿，抗生腿一软，就跪下了。军军最小，也是最听话的孩子，见抗生跪下了，也学着抗生的样子跪了下来。接着是盼妮和盼春。不只是孩子们不解，一边的杨铁汉也疑惑地望着彩凤。

彩凤指着杨铁汉，冲孩子们说：你们都记好了，以后他就是你们的爹，我就是你们的娘。

孩子们你望望我，我望望你，又一起把目光投向了彩凤。

彩凤红着眼睛，苍白着面孔问：你们都听清了？

孩子们点点头。

彩凤这时又说：那你们现在就叫一声。

孩子们高高低低地喊了声“爹——”

彩凤似乎很不满意，冲孩子们说：大声点儿。

孩子们这次齐心协力喊了起来。

彩凤终于长嘘了口气。

抗生这时就流起了眼泪，几个孩子都站起来了，他仍跪在那里，抬起脖子，仰着一张泪脸说：俺有爹，俺爹叫魏大河。

彩凤挥起手，结结实实地打了抗生一巴掌，哽着声音说：让你叫你就叫。

在抗生的记忆里，母亲这是第一次打他，他白着一张脸，惊恐不安地望着母亲。

杨铁汉走过去，把抗生抱起来：你这是干吗？孩子说的没错。

彩凤背过身去，抹起了眼泪。另外三个孩子看着彩凤，又看看杨铁汉，他们不明白到底发生了什么。

从这以后，日子似乎变得稳定了许多，杂货铺的生意却越来越不好，有时一天也不见一个买主，彩凤就搬了凳子坐在门前，一边看着玩耍的孩子，一边热情地招揽着生意。这时，一个伪军摇晃着身子走过来，彩凤忙堆起笑脸，招呼着：老总，想买点儿什么？

伪军不看彩凤，径直走进杂货铺，拖长了声音说：买烟——

彩凤忙把一包烟放在伪军面前，伪军伸手把烟抓了，转身就往外走。

彩凤追出去赔着小心地说：老总，你还没给钱呢。

伪军就横着眼睛把彩凤看了，大着声音说：记账。

说着，横着身子走出了杂货铺。

彩凤知道，这是又碰到无赖了。她眼看着伪军大摇大摆地走出了杂货铺，却又无可奈何。刚才的一切被四个孩子看到了，孩子们也感受到了目前生活的拮据，以前的饭桌上还能见到粮食，现在，星星点点的粮食只能和菜熬在一起喝了。

孩子们看到菜粥时，上桌前的兴致勃勃就冷了下来，埋头喝着碗里的菜粥。彩凤这时就叹口气，柔声说：等有人买咱家东西了，妈就给你们买米去。

孩子们从不会抱怨什么。第二天，几个孩子就不在门口疯跑了，而是不停地向路人招揽着生意，他们争先恐后地说：叔叔，大爷，去店里买点儿东西吧。

那些叔叔、大爷瞟一眼杂货铺，下意识地摸了摸空空的口袋，低着头，快步走了过去。孩子们就很失望。一会儿，看见又有人走过来，他们就又满怀希望地喊下去：大娘、大婶，进来看看吧。

大娘、大婶脚都不带停地绕道走了过去。

孩子们一次次喊着，一次次无果而终。

这时，终于有两个伪军走进了杂货铺，孩子们顿时又有了希望。结果，他们发现那个伪军烟拿了，却并没有给钱。

盼春毫不迟疑地就扯住了伪军的一只胳膊，嚷嚷着：你还没给钱呢，把烟还给我们。

伪军已经把烟叼在了嘴上，他看见盼春，刚开始还觉得可笑，但看到盼春不依不饶的样子，就挥起了胳膊，一下子把盼春甩到了地上。

盼妮、抗生和军军也冲了过去，这个抱腿，那个扯衣服，团团地把伪军围住了，几个人七嘴八舌地喊：给钱，给钱！

伪军一下子恼火了，三下两下把几个孩子推倒在地上，扬长而去。

孩子们跌坐在地上，一边哭，一边喊着：你还没给烟钱哪。

彩凤奔过去，把孩子们扶起来，给这个擦擦眼泪，给那个拍拍身上的土，安慰着孩子：别哭，他们不给钱，还有给钱的呢。等有了钱，妈就给你们买米去。

杨铁汉为了糊口，也不能只是磨刀了。日本人占领这里后，不仅百姓们的生计受到影响，就连小鬼子出城扫荡，也抢不来什么东西了。最初，日本人还能从老百姓的家里抢来粮食，或从乡下抓回一两头猪羊，现在，老百姓自己都饿得只剩下一张皮了，哪里还有东西给他们抢呢？于是，城里的鬼子们也开始为生计发愁。城里已经没有人大张旗鼓地做米面生意，只在私底下偷偷地做些交易。老葛没有牺牲前，杨铁汉经常能在老葛那里拿到一些活动经费，生活倒也能过得下去。现在，与组织失去了联系，一切就变得困难重重。

杨铁汉一边吆喝，一边磨刀。人都快吃不上饭了，还有谁来磨刀呢？有时候，转悠上一天，也见不到一两个磨刀的。

杨铁汉每天还是扛着磨刀的家什出来，但更多的时候还是干些别的零工，帮人扛东西、送煤什么的，还替人抬过死人，至少干这些活，每次还能换回一些铜板。他把这些铜板严严实实地塞到了腰间。太阳西落的时候，他走进了市场。在这里卖菜的都是些乡下来的农民，为了赶着天黑前出城，及早卖出手里的剩菜，菜价往往就很便宜。

杨铁汉就经常赶着这个时候来买菜。他并不急于买菜，而是耐心地等在那里，等着去捡菜贩离开后，丢下的菜帮和菜叶。等着捡拾垃圾菜的并不只是他一个，候在一边的人们一哄而上，像一群饥饿的难民。刚开始，他伸出去的手有些犹豫，可一想到家里等着吃饭的孩子，他坚决地把手伸了出去。等他看着空荡荡的地面，抬起头来，望着那些悻悻而去的人们，再看看手里抓着的一把烂菜叶，他有种想哭的感觉。

回到家，他把菜交到彩凤手里时，心里的难过与愧疚几乎达到了顶点。他小声地冲彩凤说：今天没有买上米。

彩凤看他一眼，叹口气说：没啥，现在好多人家都吃不上粮食了。

清汤寡水地又对付一顿之后，孩子们就早早地睡下了。

彩凤端了一盏油灯到店铺里，坐在灯下补衣服。四个孩子的衣服不是这个破，就是那个破的，已经够她忙活了。她为了补贴家用，又在外面找了缝补衣服的活，晚上赶着缝好，一早还要给人家送过去。

杨铁汉空有一身力气，却帮不上彩凤的忙，在一旁就显得很难受的样子。彩凤就说：你早点睡吧，明天一早还要出去呢。

他伸出手，猛地捶一下自己的腿，喃喃道：都是我和孩子们拖累了你。

彩凤用牙齿咬断手里的线，抬起头来：铁汉，你别这么说，要是没有你，我们娘儿俩也不知该咋过下去。

杨铁汉就蹲在地上，深深地把头抱住了，瓮着声音说：彩凤，我答应过大河，我要让你们娘儿俩过上好日子。

彩凤没有说话，眼里噙满了泪。

杨铁汉越发地体会到了肩上的担子有多重。他每天早晨离开家时，扛着沉甸甸的磨刀家什，心情万般复杂。踏出家门的一刻，他就在心里一遍遍地想：也许今天组织就会派人来找他了。有了组织，他的心里就有了底，他就什么都不怕了。想到这时，他就亮起嗓子，喊一声：磨剪子嘞，戗菜刀——

他一边卖力地吆喝着，一边关注着每一个路人，他觉得那些向他投来目光的人，都有可能是组织上派来的。他等待着对方向他说出那句特殊的暗语，然后，他就及时地接上下一句暗语。暗号对上了，对方就一定是组织上派来的人了。他在心里把这样的情形演练了一遍又一遍，生怕组织派人来找他接头时，他一个闪失，错过了与组织联络的机会。

他每天都会回到布衣巷十八号转一转，看一看。他站在门前，小心地看门上或门缝里有没有人留下的特殊痕迹，然后，才推开门，走进屋里。

回到屋里，他就把藏有信件的地砖挪开，小心地在里面摸起来，直到看到那封信还原封不动地躺在那里，他一颗不安的心才踏实下来。那封信看起来很轻，捧在手上却重得像座山。想着这份组织的机密还没有来得及送出去，自己就与组织失去了联系。如今，它正静静地躺在他的手里。

他看一会儿，想一会儿，又把那封信藏到了地砖的下面。他走到院子里，呆呆地想着心事，这时，他似乎又听到有人在敲门。他扑到门边，一把拉开了门，看到的却是空荡荡的小巷，连个人影也没有。他不相信似的望上一气，又望上一气，才怏怏地回到屋里。

这时候，他忽然想起了老葛，竟鬼使神差地到了那家熟悉的药房。自从老葛牺牲后，药房就被日本人给封了。现在，药房被日本人强占后又重新开张了，一个留着仁丹胡子的日本人当上了药房的掌柜，整天叉着腰，横着眼睛看着过往的每一个路人。

杨铁汉走到药房门口，看到那个耀武扬威的日本人，狠狠地吐了口痰，头也不回地走了。

投　降

日本人投降得很突然。

那天早晨，杨铁汉又像往常一样，扛着磨刀的家什走在街上的时候，突然发现往日趾高气扬的日本人不见了踪影，就连伪军也看不见了。大街上空空荡荡，整个县城出奇地安静。有三两个百姓站在自家门口，交头接耳地议论着什么。杨铁汉的心很快地跳了两下，意识到有大事情要发生了，这时候，他听到人们说：日本人投降了。

当他走到街心的时候，看到好多老百姓都拥出家门，朝日本兵营跑去。他也被裹挟在人流中到了日本兵营的门口，他看到了眼前真实的一幕——昔日飘扬在日本兵营上空的膏药旗不见了，包括日本兵营门口的岗哨也不见了，日本人正齐齐地跪在院子里，哀号一片。

人们跳着脚，一遍遍地喊：日本人投降了，小鬼子投降了——

有人性急地燃放起了爆竹，噼里啪啦的爆竹声和着日本人的哀号，让杨铁汉几乎不敢相信自己的眼睛。他使劲儿地揉着眼睛，这时，他想起什么似的向伪军的营院跑去。

伪军的院前同样聚集了不少看热闹的人，伪军们把枪扔了，有的干脆把自己装扮成百姓的样子，跳墙往外跑。

人们不停地往院子里扔着石头。几个仓皇往外跑的伪军被人们围住，又是吐口水，又是砸石头的。杨铁汉这时就看到了那个胖厨子，胖厨子穿了件紧巴巴的衣服，缩着脖子跑出来。当即就有人冲上去，揪住了他的脖领子，又是踢又是踹的。胖厨子磕头作揖地讨饶：各位老少爷们儿，求你们放过我吧。我就是个做饭的，从没有朝中国人放过一枪啊！一边说，一边把头磕得“砰砰”响，忽然，就在他抬头的一瞬，他一下子看到了站在人群里的杨铁汉，就像见到救星似的扑了过去：磨刀的，你给我磨过刀，你可要给我做证啊——

杨铁汉对胖厨子印象不坏，而且还通过他的嘴巴套出了有价值的情报。想到这儿，杨铁汉从人群里挤出来，对众人说：他真是做饭的，放他走吧。

听了杨铁汉的话，胖厨子也脸红脖子粗地解释着：我就是混口饭吃，我真没做过对不起中国人的事。出来干这个差事也是没辙，我家里也是上有老、下有小啊……

胖厨子在人们的谩骂声中，灰溜溜地走了。

这时候，有人已经开始冲进了伪军的营院，把那些丢了一地的枪，一把火点了。

杨铁汉转身往回走去。刚开始，他还是走，后来看到许多人在跑，他也跑了起来。他一口气跑回到杂货铺，看见彩凤正在卸门板。他跑过去，把肩上的磨刀家什扔到地上，气喘吁吁地说：彩凤，日本人投降了。

铁汉你说啥？彩凤不相信似的问。

日本人投降了。杨铁汉怕她不相信，又说：我刚从日本人的兵营里回来，是真的！

彩凤手里的门板，“咣当”一声，掉在了地上，嘴里喃喃着：日本人投降了，日本人终于完蛋了。

彩凤说这些时，眼泪也随之流了出来，她突然坐在了地上，抱住头，仰天大喊：大河，你看到了吗？日本人投降了。

这时的彩凤，从默然流泪一下子变成了号啕大哭。不明真相的孩子们听到彩凤的哭声，一起跑了过来，看到彩凤妈妈这个样子，他们也跟着大哭起来。

杨铁汉看着眼前的景象，也流下了热泪。

接下来的两天，城里就发生了许多大事。先是国民党部队开进了城里，他们接管了日本兵营，将青天白日旗高高地插在了房顶上，满大街走动的都是国民党的士兵。后来，八路军也赶到了城里，小小的县城一时间进驻了这么多队伍，顿时显得热闹却又有些乱套。

杨铁汉知道日本人投降后，他就赶回到了布衣巷十八号。他把门窗大张旗鼓地打开，等着组织派人前来接头。他又一次把那封信从地砖下取出来，小心地看了又看，然后，他把信捧在胸前，喃喃地对自己说：这回就能找到组织了。

可一连几天过去，仍没有人来找他接头，直到听说八路军的队伍进城了，他才从布衣巷十八号走出去。既然八路军进城了，他就一定能见到县大队，通过县大队也就一定能找到组织。

八路军进城后，杨铁汉打听到这是八路军冀中独立团，团长姓武。在县大队的时候，他就听说过冀中独立团，这是八路军的正规部队，打了许多大仗和胜仗，日本人当初最怕的就是独立团了。

当他找到独立团时，武团长接待了他。武团长是一个四十多岁的中年汉子，战争的历练让武团长身上有一股军人的英武之气。他一看到武团长，就想到了肖大队长，肖大队长也是这种气势。他向武团长打听县大队的情况，武团长告诉他，县大队已经和独立团合并了，现在是正规部队。他说出刘政委的名字时，武团长怔了好一会儿才说：你说的是县大队的刘旺财政委？

他肯定地点点头。

武团长有些伤感地告诉他，刘政委已经牺牲了。

他一口气又说出几个县大队战友的名字时，武团长似乎有些想不起来，他让通信员拿出了一本烈士花名册。在这本花名册里，他看到了许多熟悉的名字，这才意识到，那些昔日的战友们都已经不在了。

县大队在与独立团合并前，曾和敌人打了一场恶战，几乎全军覆没，只剩下十几个人突围，冲了出去。肖大队长牺牲了，刘政委身负重伤，不久也牺牲了。后来，那十几个人就被收编到独立团，此时，那十几个战友的名字赫然写在独立团阵亡士兵的花名册里。也就是说，昔日的县大队已经不复存在了。

他不知自己是如何离开独立团的，直到走进杂货铺，看到彩凤和孩子们，他再也抑制不住地哀号起来。他一边痛哭，一边撕心裂肺地喊着：都不在了，他们都不在了，就剩下我一个了……

彩凤和孩子们一脸惊诧地望着他。

半晌过后，他清醒了过来，想到那封还没有送出去的信和眼前的孩子们时，他用力擦干了眼泪。他坚信，迟早有一天，组织会派人来找他的。

那天晚上，彩凤安顿好孩子后，找到他认真地说：我想去看看大河。

他望着她，良久，点点头说：我带你去。

彩凤的眼里又有了泪，那一夜，她几乎没有合眼，坐在屋子里，痴痴呆呆地想了一夜。

第二天早晨，彩凤在杨铁汉的陪同下出发了。

杨铁汉轻车熟路地找到了魏大河的墓地。此时，墓地上的草已经黄了，风吹着秋草发出沙沙的声音。他站在魏大河的墓前，清了清嗓子说：大河，彩凤来看你了。

说完，他转过身去。

彩凤似乎很平静，她蹲下身去，慢慢地用手捡起掉落在坟上的枯叶。然后，从带来的包袱里取出一瓶酒，把酒点点滴滴地洒在坟前。

做完这一切，彩凤坐下来，开始烧纸。她一边烧纸，一边盯着大河的坟头：大河，你说过要让我们娘儿俩过上好日子，你还说，等把日本人赶出中国，你就回来跟我们过日子。

彩凤还说：大河，现在日本人投降了，我们娘儿俩还等着你呢，你咋睡在这里就不起来了？我们娘儿俩天天盼，夜夜想，等你和我们回去过日子呢。

此时的彩凤已经哭成了泪人，红红的火光映着她有些苍白的脸。

一旁的杨铁汉眼泪也止不住落下来，他看着躺在那里的魏大河，也看着哀哀哭泣的彩凤。

彩凤的纸已经烧尽了，她仍然坐在那里，望着大河的坟哭一阵，说一阵。

她还说：抗生都六岁了，你走时他才半岁，你回家时说过一阵就回来看看。可你说话不算数，你这一去就再也回不来了。抗生天天都喊着找你，你咋就不起来了呢……

彩凤再也说不下去了，她趴在大河的坟上，似乎耗尽了所有的气力。

最后，杨铁汉走过来，扶起彩凤：彩凤啊，以后再来看大河吧，孩子们还等着呢。

彩凤这才软软地立起身子，哽咽着：魏大河，我恨你，我恨你说话不算数！

说完，两眼直勾勾地盯着大河的坟。

杨铁汉也立在坟前，声音很大地说：大河，我说过的话我不会忘。你把他们娘儿俩托付给我，我会一生一世地照顾他们，有我吃的，就不会让他们饿着，你放心吧。现在，日本人走了，大河你也该闭上眼，好生在这里歇着吧。

说完，他深深地弯下腰，给大河鞠了一躬。

他回过身，去招呼彩凤时，看见彩凤挎着包袱，头也不回地走了。

日本人投降后，老百姓的日子的确过得舒心了一些。杨铁汉每天按部就班地扛起磨刀的家伙，走街串巷地吆喝着。日子也就在这单调而悠长的吆喝声中，一天天地过着。

彩凤一心一意地照顾着杂货铺的生意。日本人投降后，人们就有了过日子的心情，生意眼见着一天比一天好了起来。

有时候，杨铁汉回到杂货铺，望着眼前的彩凤和大大小小的孩子们，心里就生出了一个大胆的想法。从情感上说，这些孩子早已经和他成了真正的一家人。而彩凤和抗生，自从大河将他们托付给他后，他也早已从心底将他们当成了自己的亲人。现在，大河不在了，身为男人，说出的话如同泼出去的水，他要说到做到，就像大河生前一样，让彩凤母子过上踏实的日子。想到这儿，他决意要娶彩凤，也只有这样，他才能完成对大河的许诺。

这个想法一经冒出，他就无端地又想到了小菊。

舍身成仁

国民党的部队和八路军的独立团同时开进县城，让小小的县城着实热闹了一阵子。

杨铁汉知道，国民党是八路军的友军，现在是两支队伍同时进了城，但未来的局面何去何从，他的心里也没个底。在县大队的时候，他们也曾和国民党友军合作过几次战斗，那时，他就感觉到，国民党的部队为保存自己的实力，并没有真心抗日，只是虚晃一枪，转身就跑。现在，日本人投降了，国民党又大摇大摆地开进城里，开始接受日本人的投降。八路军独立团则只接受伪军的投降，说伪军投降有些夸张，事实上，还没等八路军进城，伪军早就跑的跑，逃的逃了，只剩下一个空空的营院。

独立团并没有在城里久留，很快，他们又撤出县城，据说向东北开进了。

后来，杨铁汉又听说，国民党的部队和共产党的八路军都在各自调兵遣将。又是没多久，国共两党不再合作，而是兵戎相见。又一轮厮杀开始了。

独立团撤走后，城里进驻了一批国民党的部队，队伍一进城就到处招兵买马，加固城墙，整个县城就成了国民党的天下。

日本人投降后，八路军独立团大张旗鼓地开进县城，曾给杨铁汉寻找组织带来一缕新的希望。那些日子，他扛着磨刀的家什，勤奋地走街串巷着。磨刀师傅的身份是他的一种标志，日子再难，他也没有放弃过磨刀。为了让组织更容易地找到他，他不能轻易改变自己的身份。他一路吆喝着，将自己洪亮的声音，传递到每一条大街和小巷。

然而，让他始料不及的是，他不但没有等来组织，反而眼睁睁地看着八路军独立团在一天清早，神不知、鬼不觉地撤出了县城。看着队伍从他眼前消失的那一刻，他的心空了。他蹲在地上，一边流泪，一边喃喃自语着：咋就走了呢？

后来，他才知道，八路军独立团开赴东北后，就被改编成了东北自治联军。又是没多久，全国的八路军改编成了解放军。从此，八路军的番号便永远地告别了这支队伍。

战争又一次打响了。虽然县城里还没有打仗的迹象，但前方的战事直接影响着县城里的变化。走了日本人，又来了国民党，国民党部队烧杀抢掠起来也与日本人不相上下，百姓的生活并没有好到哪里去。

振兴杂货铺里经常有国民党的士兵光顾，他们醉醺醺地闯到店里，拿烟拿酒，翻东找西，却不给钱，彩凤就赔着小心：老总，还没给钱哪。

一个排长模样的人头也不回地说：记账，下次一块儿给。

彩凤上前去拉他：我不认识你，下次咋给？

排长不高兴了，抬起身，把彩凤推了一个跟头。

盼春和抗生见彩凤跌倒，一起扑了上去。盼春抱住那个排长的腿，抗生狠狠地在排长的手上咬了一口。

排长惨叫一声，扔掉了手里的烟，酒劲儿也立刻清醒了大半，他一脚踢开盼春，猛一甩手，把抗生甩了出去。恼羞成怒的排长还拔出了手枪，冲两个孩子挥舞着：妈了个巴子，看老子不一枪崩了你们。小兔崽子，还反了你们了。

彩凤这时已经爬起来，用身体护住两个孩子，苍白着脸说：老总，别开枪，他们还是孩子。

排长借着酒劲儿不依不饶地说：啥孩子，我看是两个小共党，我非崩了他们不可。

这一幕正好被回来的杨铁汉看到了，他扔掉肩上的东西，一步跨过来，横在彩凤和孩子的面前：老总，有啥事你冲我说，我是这家的男人。

排长就把枪抵到了杨铁汉的头上，嘴里喷着酒气说：我一枪就能崩了你，你信不信？

杨铁汉闭上了眼睛，咬着牙说：我信！

彩凤这时从地上捡起烟冲过来，把烟塞到排长的手里，脸上堆着笑：老总，烟你拿走，有空就常过来，我现在认识你了。下次你来拿烟拿啥都行。

排长似乎也并不想把事情闹大，拍了拍手里的烟，收回了枪：这还是句人话，老子在前方卖命，说不定啥时候就吃枪子儿了，拿你们烟抽抽还能咋的？

说完，悻悻地走出杂货铺。

孩子们心有余悸地你看看我，我看看你。抗生突然抱着彩凤的腿，"哇"的一声哭了，一边哭，一边说：妈，他们当真就这么欺负咱们，拿咱家东西不给钱啊？

彩凤把抗生抱起来，擦了一把眼角的泪水，低声哄着抗生。

盼春的胳膊在跌倒时擦破了，杨铁汉小心地给他上着药。然后，他抬起头来，眼里满是愧疚地望着彩凤：彩凤，我没有保护好你们。

彩凤看他一眼，什么也没有说，拉着两个孩子进了里屋。

杨铁汉久久地蹲在杂货铺的门前。这时，他又一次想到了大河，想起当时和大河相互许下诺言时的豪气与感动，心里便一颤一颤的。然而，现实生活往往并不像他想象的那般简单，现在的他不但没有给彩凤和抗生带来一丝帮助，反而给这个家带来了莫名的烦恼和不安。组织上把三个孩子交给他后，他便与组织失去了联系。孩子们一天不能安全地送走，他的心就一天不得安宁，彩凤也就跟着担惊受怕。就在他走街串巷、苦苦地寻找着组织的时候，却意外地碰到了小菊。

那天，他像往常一样，街头巷尾地吆喝着时，一抬头，看见了一个熟悉的身影。他眨了眨眼睛，就发现了街边站着的小菊。

小菊也看到了他。他“咣当”一声，扔下手里的东西，几步奔过去，颤着声音问：小菊，你咋来了？

小菊一见到他就流下了眼泪，哽着声音说：哥，俺可找到你了。

咱爹娘还好吗？

小菊听他这么问，哭得更凶了。她泪眼婆娑地说：哥，爹死了。爹走前拉着俺的手，让俺一定找到你。

杨铁汉这时才知道，小菊已经来城里几天了，正四下打听着他。她也不知道能不能找到他，但她坚信，自己一定要找到他。

哥，俺总算找到你了。小菊如释重负地看着他。

杨铁汉这时就有些恨自己了，自从离开县大队，他只回过一次家。不是他不想回，他现在这个样子根本就没有心思回。组织交给他的任务还没有完成，彩凤和孩子们也都离不开他，现在，爹走了，自己也没能回去看上一眼。

他看着眼前的小菊，心里像打翻了五味瓶，他掏出几个铜板交给小菊：妹子，这个你拿上，这两天我就回家看看你和娘。

小菊把他的手推回去，哽咽着说：爹死前让俺来找你，现在俺找到了，俺就回去了。这钱你拿着用吧，娘还等俺的消息呢。

小菊转过身，向前走了几步，突然又停下了，冲他叮嘱道：哥，俺和娘就在家等你了。

他用力地冲她点点头。

小菊走了。他望着她消失的身影，猛地蹲在地上，抱住头，呜呜咽咽地哭了起来。

几天以后，杨铁汉终于回了一趟家。

家还是原来那个家。想着以前回来还能和爹唠上两句，现在，却再也见不到爹了，他的心沉得像掉进了无底洞。推开门，他一眼就看到了母亲，母亲正有气无力地倚在小菊的怀里。

小菊看到他时，惊得一下子打翻了手里的汤碗。

哥，你回来了！

母亲在小菊的怀里慢慢睁开眼睛，不认识似的看着他。

他上前一步，抓住母亲的手，叫了声：娘——

母亲的身子颤抖了一下，这才艰难地伸出另一只手，在他的脸上摸了一下：铁汉，是你吗？你可回来了。

说着，母亲的眼泪流了下来。

过了半晌，母亲气喘着说：小菊去找你，回来说在城里看见你了，娘还不信。孩子，你可好久没回来了，你爹他不在了……

他跪在娘的眼前，把头埋在母亲的怀里，一迭声地喊着：娘，儿子不孝。

母亲费力地用手托起他的脸，慈爱地看着他。母亲的手是温暖的，却少了些气力，他顺着母亲的脸庞看过去，一头花杂的头发令母亲显得苍老无比。

母亲轻叹一声：孩子，娘不怪你。你参加县大队去抗日，爹和娘是支持的。可现在，日本人都投降了，你咋还不回来呢？

他望着母亲，不知如何回答母亲。

半晌，他说：娘，儿不孝，对不住你。

母亲轻轻地点点头，悠悠地吐出一口长气，道：铁汉，你回来就好。娘这身体怕是也撑不了多久了，娘想看着你和小菊成亲……

母亲说着就咳嗽了起来，小菊赶紧替母亲捶着背。

母亲喘息了半晌，说：你们成亲了，娘也就踏踏实实地去找你爹了。

母亲的话像一颗子弹击中了他，他抖了一下。望着母亲，他又一次想到了彩凤和那几个孩子。

他抬眼去看小菊时，小菊正一脸期待地望着他。

他站了起来，看看母亲，又看一眼小菊，他的目光在两个亲人之间费力地游走着。

母亲有些生气地说：铁汉，你不同意？你爹走时最大的心病就是没有亲眼看到你和小菊成亲，现在，你回来了，娘这身体怕也熬不了多久，娘就想……

娘——

他蹲下身子，抓起母亲的手，贴到自己的脸上，眼泪再也止不住地流了下来。

大河没有牺牲前，他曾无数次地幻想过自己和小菊成亲时的情景。按常理，他和小菊成亲是顺理成章的事。参加县大队之前，他也曾对爹娘和小菊许诺，等把日本人赶走了，就回来和小菊成亲。一家人也是这么期盼的。现在，日本人投降了，他却并没有兑现自己对爹娘和小菊的承诺。他清楚，自己在心里并没有忘记小菊，他只是还有重要的任务没有完成。当然，他也不能否认，他在看到小菊时就会下意识地想到彩凤和孩子们。在外人眼里，他和彩凤还有那几个孩子已经是一家人了，此时，城里的彩凤在等着他，孩子们也在眼巴巴地等着他。离开杂货铺时，他答应过彩凤和孩子，天黑前就回来。现在时间已经不早了，再不走，城门就要关了。

他跪在母亲面前，哽着声音说：娘，我还得走。

母亲就一把抓住了他：铁汉哪，日本人不都投降了吗？

娘，日本是投降了，可现在咱们的队伍又和国民党的军队打起来了。

说到这儿，他担心母亲再说下去，就又磕了一次头：娘，等国民党也投降了，我就回来。

说完，他站了起来。

母亲含了泪说：铁汉，你和小菊……

不再等母亲说下去，他大步走到了门外。他在门口立了一会儿，小菊也走了出来。

小菊默然地跟在他的身后。以前，他每次离开家时，小菊都是这样送他一程。

走了一段路，他立住脚，从怀里掏出一些铜板递给小菊。

小菊不接，他强行把铜板塞到她的手里：给娘抓服药吧，她的身体太虚了。

小菊接过钱，一双眼睛含珠带露地望着他。

他仰起头，不忍去看小菊清澈的目光：小菊，娘就托付给你了。

小菊低下头，看着自己的手说：你别这么说，她也是俺娘。要是没有你们一家收留俺，俺也活不到今天。

他一把握住小菊的手，久久没有放开。小菊颤着声音喊道：哥——

他扭过头，不敢正视小菊的目光。

小菊，哥对不住你。你现在也许恨哥，有一天，你会明白的。

说着，他松开小菊的手，转过身，大步地向前走去。

这时，他听见小菊在他身后喊了一声：哥，你还啥时回来呀？

他没再回头，甩了一把脸上的泪，向城里走去。

一路上，他的心都在这种左右为难中煎熬着，难受着——一边是彩凤和那几个孩子，一边又是母亲和小菊。直到他走进城里，看到振兴杂货铺，看到铺子前的情景时，他忽然就什么都明白了。

彩凤和孩子们正一溜儿地站在铺子前。盼妮眼尖，一眼看到了黑暗中走来的杨铁汉，惊呼一声：爸回来了！

盼春、军军和抗生一拥而上，这个拉着他的手，那个扯着他的衣服，军军仰起小脸说：爸，你一走，我们就想你了。

他看到孩子们焦急的表情，心里一下子就透亮了。他知道，他现在离不开这些孩子，孩子们也离不开他，他蹲下身，紧紧地抱着孩子们，干干硬硬地说：爸也想你们。

彩凤看到这一幕时，眼圈微微有些泛红，她冲杨铁汉说了句：走吧，回家吃饭了。

说完，转身走进了杂货铺。

听了彩凤的话，他的心里一热。

盼妮尖着声说：爸，我们还以为你今天回不来了。

他立起身，用手爱抚地拍着盼妮的头：爸答应过你们回来，就一定能回来。

当他和孩子们围坐到桌前时，彩凤已经把饭上了桌。虽然，日本人投降后日子并没有好过多少，但至少一家人能吃上菜团子和薄薄的稀粥了。

晚饭后，孩子们都睡下了，彩凤也回到自己的房间忙着缝补衣服。

他在杂货铺里摸黑转了一圈，觉得有许多话要对彩凤说。这几天，他想了许多，他知道孩子们一时半会儿是不可能被送出去了，想到孩子们的将来，他就生出了许多心事。想到这儿，他推开了彩凤房间半掩的房门。

他立在彩凤房间的门口，彩凤拉过一只凳子，对他说：坐吧。

他不坐，仍立在那里。

彩凤望他一眼，继续缝着手里的衣服。

彩凤，我跟你商量个事。

彩凤放下手里的衣服，目光直直地望着他。

我想把几个孩子送到学校去，得让他们读书。孩子们都不小了，可不能错过读书啊。

他一口气地说下去。

彩凤对他的话并不感到惊讶，她一边拿起手里的针线，一边低下头去：这事我也想过，可上学是要用钱的，咱们没有钱。

他蹲在门口，眼睛看着地面：这事我盘算过，小店的收入加上我磨刀挣的钱，如果还不够的话，我再去多找些力气活，加起来也差不多了。

彩凤叹了口气，说：我看还是先让那三个孩子上学吧，抗生等一等再说。

他猛地抬起头，看着彩凤坚定地说：不，抗生一定要去，抗生都八岁了，大河在的话，抗生说不定早就上学了。

说到这儿，他有些哽咽了。

彩凤的眼圈也红了。

他一再坚持地说：抗生一定要去，我答应过大河，要好好对你们娘儿俩。

彩凤抹了一把脸上的泪水，哽着声音说：那就听你的。

第二天，杨铁汉和彩凤就把四个孩子送到县城的国立小学。

抗生和军军已经满八岁，上了一年级。十一二岁的盼妮和盼春以前认识一些字，就一起读了三年级。

从那以后，每天早晨，盼妮和盼春就领着军军和抗生高高兴兴地上学了。几个孩子都热切地期待着一种新的生活。

杨铁汉目送着孩子们走远，把最后一口稀粥倒进嘴里，便抹把嘴，扛起磨刀的家什往外走。他扭着头，冲屋里的彩凤招呼一声：我出去了。

杨铁汉一离开杂货铺，就扯着嗓门喊：磨剪子嘞，戗菜刀——

他的声音洪亮、饱满，多年的吆喝已经练就了一副好嗓子。以前，磨刀师傅是对他真实身份的一种掩护，此时，他奋力地磨刀，更重要的是为了养家糊口，同时他隐隐地还有一种期待，这样更方便组织能够寻找到他。日本人投降后，他也想过转变一下自己的身份，如果那样的话，组织也许就再也找不到他了。于是，他只能踏踏实实地当着他的磨刀匠。另外一个原因是，他对磨刀这份职业已经驾轻就熟，可以说是县城里数一数二的磨刀匠了。有许多老主顾，遇到刀子钝时，是一定要把刀留给他来磨的。

孩子们上学了，他和彩凤的压力一下子大了起来。彩凤的杂货铺生意说不上好，也说不上坏，出入铺子的也多是些周边的邻居，买一些零碎的小东西。一天下来，也挣不上仨瓜俩枣的。只靠磨刀来养活自己和几个孩子，对杨铁汉来说几乎是不可能的。好在走街串巷的，很多人也都熟悉了他，谁家有活时他就撂下磨刀的家什，帮着忙活一阵，人家不是给他几个铜板，就是端上一碗糙米。不论人家给什么，他都小心地收下；实在没什么给时，他也不说什么，憨憨地冲人笑笑。

大叔、大婶看着他就说：磨刀的，你跟你媳妇拉扯那么多孩子也真不容易，难为你了。

他不说什么，笑一笑，走到门口说：大叔、大婶，以后有啥活儿就喊一声。

大叔、大婶就在他身后感叹：这个磨刀匠可真不容易。

累了一天，远远地还没有走到杂货铺，他就一眼看到了站在门口、等着他和孩子们回来的彩凤。

进屋后，他小心地从身上摸出几个铜板和一小袋糙米，交到彩凤手上。彩凤低头看着手里的铜板，说：铁汉，你自己不留几个？

杨铁汉挥一下手：留它干啥？我又没啥花销，留着好给孩子们交学费。

彩凤很深情地看他一眼，转身进了里屋。她把糙米倒在米缸里，又小心地把铜板藏到箱子的底下，才走到杂货铺门口，和站在门口的杨铁汉一起向远处张望着。他们知道，过不了多久，孩子们就该回来了。

孩子们回到家里，是杨铁汉和彩凤最高兴的时候，一家人围坐在桌前，有声有色地吃起来。孩子们一边吃饭，一边七嘴八舌地说着学校里的新鲜事。

他和彩凤饶有兴致地听着。吃完饭，孩子们就挤在一起写起作业，饭桌上就剩下两个人了，当两双目光不知是有意还是无意地碰到一起时，就都慌慌地躲闪开了。两个人已经在一起生活几年了，彼此早已熟悉了对方，可这种微妙的感觉还是让他们感到心慌。杨铁汉的心“砰砰”地跳着，彩凤的脸也有些发红、发热。

他放下碗，干咳了一声。

她抬起头，飞快地看了他一眼。

他突然焦躁地搓起手来，憋了好半晌，终于说：彩凤……

她“嗯”了一声，并没有去看他，仍然低着头。

他犹豫着说下去：彩凤，要不，咱们结婚吧。

这一次，彩凤慢慢抬起头，认真地把他看了看，他迎着她的目光，很深地望过去。

彩凤，你知道我答应过大河的。

彩凤的手一抖，手里的筷子掉在了地上。

他弯下腰，帮她拾起了筷子。

彩凤抖着嘴唇嗫嚅着：你娶我就是为了对大河的承诺？

他张了张嘴，欲言又止的样子。

彩凤继续说下去：要是那样，我不想连累你，那三个孩子就够你受的了。我有这个小店，还能顾得上我和抗生。

不——

他冲动地抓住了彩凤的手，这时，他才感觉到彩凤的手有些凉，也有些抖。

他呻吟地说：我要照顾你和抗生一辈子。

彩凤用力抽回了手，冷静地说：铁汉，你让我想想。

他望着彩凤，不知说什么好。

从那以后，彩凤一直回避着他。早晨，她把孩子们送出家门，就开始整理杂货铺，他从她面前经过时，她多数时候都是低着头，转过身去。临出门时，他想跟她打声招呼，她却慌忙地躲进里屋。

彩凤的态度弄得杨铁汉不知深浅，一时也不知彩凤心里到底是怎么想的。在等待彩凤答复的日子里，他忐忑不安地忍受着煎熬。好在他把自己要说的话说出去了，心里多少还是轻松了一些。他白天扛着磨刀的家什，游走在大街小巷里，有时也会坐在树荫下歇一歇，这时他就会想起小菊和母亲。小菊的影子刚出现在脑海里，彩凤就一下子也跳了进来，两个女人的影子不时在他的脑子里晃来晃去。一会儿，小菊近了，彩凤远了；又一会儿，彩凤近了，小菊又变得模糊了起来。

这天晚上，杨铁汉又做了一个梦，他梦见大河满身是血地站在他的面前，睁着两只空洞的眼睛说：铁汉，你是咋答应我的，你忘了？

他不知如何回答大河，张着嘴支支吾吾着。

大河又说：杨铁汉，算我瞎了眼，不该拿你当兄弟。

大河说完就倒下了，两只眼睛使劲儿地睁着，似在寻找着杨铁汉。他扑上去，抱住大河，一边哭，一边说：大河，大河我没忘啊，是彩凤她不同意……

大河就那么睁着眼睛，不说话，死死地望着他。

他哭着喊着就醒了，猛地坐起来，发现枕头湿了一片。他抹了一把脸上的泪水，呆呆地坐在黑暗里。

他茫然四顾，看见彩凤的房间里透着微弱的光亮，门也是虚掩着，彩凤正靠在床上忙着针线活。他披衣起身，走到彩凤门前，立在那里，不知是进还是退。终于，他鼓起勇气，用手轻轻拍了一下门，他听到了彩凤下地穿鞋的声音。

彩凤推开门，站在他的面前，没有说话，有些惊诧地望着他。

他突然跪在彩凤面前，眼泪又一次流了出来，他嘶哑着声音说：彩凤，你答应我吧。刚才我又梦见大河了。你不答应，大河在另一个世界里也闭不上眼睛啊。

彩凤看着他，有些不知所措。半晌，她低下头说：铁汉，你的心我知道，有话起来说。

他站起身，呆定地望着彩凤。

彩凤坐回到床边，拿起了放在床上的针线，叹了口气：铁汉，你和大河是好朋友，又是战友，你们说过的话，发过的誓我不知道，但我能理解。这些日子，我想了，我和抗生面对眼前的日子还能过下去，我不想连累你。

他就瞪大了眼睛：咋，彩凤，你还不答应？

彩凤轻叹了一口气：铁汉，真的，你有你的生活，我们有我们的生活，这可是一辈子的事。

他气喘着说：彩凤，我想好了，我愿意这样一辈子。

彩凤放下手里的针线：这事先放一放再说吧。

他低着头，无可奈何地站在门口。不知过了多久，才沮丧地走出去。

事情发生转机是在一天的深夜。

外面下着瓢泼大雨，闪电交错着在远远近近的天边划过。彩凤突然把杨铁汉喊醒了，她慌张地说：铁汉，抗生发烧了，从半夜一直烧到现在，孩子烧得连胡话都不会说了。

他爬了起来，跑到抗生身边，伸手去摸孩子的额头时，被猛地烫了一个激灵。他二话不说，抱起抗生就往外跑。彩凤此时也急晕了头，一脸惊诧地说：铁汉，你这是要干啥？

他头也不回地说：带抗生去医院。

说着，顺手拿过一件衣服，把抗生裹住，没头没脑地冲进了雨里。跑到门口，他又回过头喊了一声：彩凤，照看好家和孩子们。

等他抱着抗生回来的时候，天已经微亮，雨也停了下来。此时的抗生烧已经退了，在他的怀里低声地呻吟着。走进杂货铺，他发现彩凤就在门口那么站着，和他离开时的样子一模一样。

彩凤看到他抱着孩子走进来，忙迎了上去。

他气喘着说：抗生的烧已经退了。

彩凤把抗生接过来，用自己的脸去贴抗生的额头时，脚下一个踉跄，忙把抗生放到了床上。等她为孩子盖上被子，转过身时，发现杨铁汉仍立在门口。她望着他，颤着声说：铁汉，多亏了你。

他一时不知该说什么，半晌才说：我答应过大河。

她听了，身子猛地战栗了一下，突然就扑在了他的怀里，死死地抱住他，失声痛哭起来。

她一边用力地拍打着他，一边嘶声地说：你干吗总是提起大河呀，你一说大河，我这心都碎了。

他也抱住了她，眼泪簌簌地落下来：彩凤啊，大河是我的好兄弟，我不能辜负他啊——

她泪眼婆娑地望着他说：铁汉，你答应我，你要照顾我们娘儿俩一辈子，以后，不许你再提大河了。

彩凤终于答应了，他心里的一块石头落了地，他孩子似的把彩凤抱了起来，在地上转了几圈。

彩凤拍着他的胸口说：快放下，我头晕。

他放下她，两个人气喘吁吁地对视着。

他喘着粗气，举起了右手：彩凤，你放心，以后我要对你和抗生好，要是有一点儿不好，我就对不住大河兄弟……

他还想说下去，她一把捂住了他的嘴，嗔怪道：不是不让你再提大河了嘛。

从那天晚上开始，彩凤把他的铺盖搬到了自己的房间。当他们彼此不再遮掩地面对时，似乎他们已经认识一百年了，竟全然没有陌生感。他伸出手，紧紧地将她拥在怀里，用自己火热的身体温暖着这个可怜的女人。这时，他的脑海里忽然就出现了小菊，小菊正无怨无悔地望着他。他暗暗地叹了口气，在心里说：小菊，咱俩没缘，看来只能做一辈子兄妹了。

第二天一早，他鬼使神差地出城，找到了大河的墓地。

大河的墓地草长莺飞，不知名的虫鸣嗡嗡嘤嘤，响成一片，像此时他的心情。他从怀里掏出一瓶酒，倒了一半在地上，另外一半他咕咚地一口喝下，然后，一抬手，把酒瓶子摔了出去。酒瓶落在石头上，碎了，发出一声脆响。他斜躺在坟上，大着声音说：大河兄弟，你的愿望实现了，我昨天晚上娶了彩凤，现在，我们是一家人了。大河兄弟，你放心，他们娘儿俩以后就是我的亲人了，我还是那句话，有我吃干的，就不让他们喝稀的。我一定要把彩凤照顾好，把抗生养大成人。

说完，他摇摇晃晃地站了起来，冲着大河的坟头喊着：大河，你听见了吗？你咋不回答我？

他长久地立在大河的坟前，一副山高水长的样子。

一阵风吹过来，他似乎清醒了一些。他知道，自己无论和大河说什么，躺在土里的大河也不会回答他了。但他相信，现在的大河一定可以闭上眼睛了。

和彩凤结婚后，日子就变得不一样了起来，一家人也真正地成了一家人，三个孩子在心里也将彩凤妈妈看作自己的亲妈妈，情感上也贴近了许多。每天早上目送着孩子们离开家，杨铁汉就开始了他的走街串巷。晚上回到家里，孩子们也从学校回来了，杨铁汉打开放钱的箱子，"叮叮当当"地把钱丢进去，心里充满了豪气。彩凤早已将饭菜端上桌，一家人围坐在一起，说说笑笑地边吃边聊。看着一家人其乐融融的样子，杨铁汉的心里也轻松了许多。这样的日子过了没多久，又开始变得焦躁起来，想着那封没有送出去的信，他的情绪就低落下来。

在一个太阳西斜的傍晚，杨铁汉又一次见到了小菊。小菊神情忧郁地迎面走来，看着她头上那朵白色纸花，他的心就"咯噔"了一下。

他迎上去，叫一声：小菊——

小菊看见他，眼泪就流了下来，她低低地说了句：娘走了。

不用小菊说，他就意识到了，肩上的东西一下子滑落下来。自从上次离开家，他就对母亲的身体情况有了不好的预感。

小菊说：娘走时，一直喊着想见你，我又不能丢下娘来找你。娘是喊着你的名字走的。

他的眼泪终于扑簌簌地落了下来。

他上前拉住小菊的手，潮着声音说：小菊，咱回家。

他这里所说的"家"，自然是指他和彩凤的家，这时的小菊还不知道他已经成家过日子了。

他走在前面，小菊跟在后面。他在菜市场买了一些菜和肉，打算做些好吃的，他要真心实意地感谢小菊一次。父母走时，作为儿子的他没有守在那里，是小菊替他尽孝，送走了二老。小菊的好，他无以言表，却心知肚明。现在，他在城里有了自己的家，他要把小菊带回家，让孤身的小菊感受到家的温暖。

想着就要看到铁汉哥城里的家，小菊的脚步也轻快了许多——自从铁汉哥的爹娘离开后，现在只有铁汉哥是她的亲人了。这次进城，她就是投奔铁汉哥来了。

走到杂货铺前，还没有迈进门，杨铁汉就喊了起来：彩凤，你看谁来了？

彩凤闻声走了出来，一脸惊奇地打量着杨铁汉身后的小菊。

小菊也奇怪地望着彩凤。

杨铁汉和彩凤结合后，曾无数次地提到乡下的父母，自然也提到过小菊，彩凤是知道小菊这个人的。

他拉过小菊的手，热情地说：彩凤，这就是我跟你提到过的小菊，我的妹子。

他又冲着小菊说：这是你嫂子彩凤。现在，你哥在城里有家了，以后，这里也是你的家。

小菊的脸就白了，刚才的兴奋一下子落到了冰点，她被动地让杨铁汉拉进了杂货铺。

彩凤也热情地招呼着小菊：妹子，到家了。铁汉你陪陪小菊，我去做饭，一会儿孩子们也该回来了。

小菊挣脱开他的手，转身跑了出去。

他一边叫着小菊，一边追了出来。

跑出来的小菊已经是满脸泪水了，他一把拉住小菊：小菊，你来了，怎么也得吃了饭再走。

小菊抹一把眼泪说：这就是你说的家？

他冲她点点头。

小菊扭过身子说：那我回去了，我吃不下你家的饭。

说完，小菊头也不回地向前走去，他固执地追上去，拉住了小菊。

小菊失望、怨恨地望着他。

小菊奋力甩开他的手，拼命跑了起来。他向前追了几步，终于停了下来，长久地望着小菊越来越远的身影。

小菊走了，他立在那里，脑子有些乱。等他回到杂货铺时，彩凤看着他惊奇地问：小菊呢，咋不吃饭就走了呢？

他叹了口气，说：我娘去世了，小菊是来告诉我消息的。

彩凤一边摆着碗筷，一边说：那也该让她吃了再走啊。

他摇摇头，一屁股蹲在了地上，想了半晌，说：我该回家去看看。

彩凤这时的眼里就有了泪，站在那里喃喃地说：家里出了这么大事，我该陪你回去，就是烧张纸，也是我的情分。

他瓮声瓮气地说：你回去了，孩子们咋办？

彩凤就不说话了。

第二天一早，他就出城了。

回家的路总是轻车熟路，他径直找到了父母的坟。父亲的坟他来过，此时，这里又多了母亲的坟。

冥纸彩凤已经为他准备好了，他看到父母的坟就跪下了，一声爹娘喊过，眼泪就淌了下来。

爹，娘，孩儿不孝，你们走时我都没有陪在身边，是小菊替我送走了二老。你们放心，小菊的恩情我是一辈子也不会忘记的。

他一边烧着纸，一边和地下的双亲絮叨着。纸红红火火地烧着，他的眼泪落雨般地滴到火里。

爹，娘，儿在城里有家了，我答应要替牺牲的战友照顾好他的家人，我不能说话不算数。大河你们也都见过，他是我的兄弟。小菊我是娶不成了，要是下辈子我还能托生成人，我一定娶小菊。小菊是个好姑娘，是我配不上小菊呀……

纸终于烧完了，他的泪也止住了。一股风吹过来，纸灰洋洋洒洒地飘了起来，透过纷纷扰扰的散灰，他看见小菊正远远地站在一边。他慢慢站起身，缓缓地向小菊走去。

小菊不等他走近，转身就往回走。他拖着沉重的步子，心情复杂地跟了过去。

小菊走回到院子里，站在那儿，背冲向他。

他走进去，立在小菊身后，抖着声音叫了声：小菊——

小菊没有回头。

小菊，我对不住你。我知道你心里恨我，你恨就恨吧，我不怪你。千错万错都是我的错，这辈子，我只能把你当成妹子了。

说到这儿，他就止了声。他看见小菊的肩抽动了两下，他知道，小菊哭了。

小菊，爹娘都走了，家里只剩下你一个人，你也该成个家了。啥时候要成家了，就去城里告诉哥一声，哥一定会回来。

这时，他用手在脸上抹了一把，嘶哑着声音说：小菊，家里就你一个人了，你要照顾好自己，有啥困难就去城里找哥。

说完，他就走出了院子。

走到山梁上，他下意识地回了一次头，看见小菊已经走到了门口。他赶紧扭回头，眼睛又一次潮湿了，他在心里说：小菊，我对不住你啊——

日子按部就班地重复着。早上，杨铁汉和彩凤依旧送走孩子们后，就开始了各自的忙碌。解放军和国民党部队的战斗在全国已经全面打响了，不时地有各种各样的消息传来。住在城里的国民党守兵也并没有闲着，一边加固城外的工事，一边不停地调防，来了一拨，又走了一拨。现在的大街上经常可以看到从战场上下来的伤兵，一边在城里养伤，一边骂骂咧咧地横冲直撞。

一天，杂货铺里来了几个国民党的伤兵，他们吃了、喝了，临走还拿了几条香烟。彩凤就心疼地喊：老总，我们一家还要过日子呢，你们不能这么拿呀！

她追过去，想把那些东西抢回来，却被一个伤兵狠狠地推了一把，彩凤就跌倒在地上。那个伤兵瞪着眼冲彩凤喊：老子在前方卖命，抽你几盒烟咋的了？

彩凤忍着疼，赔了笑脸说：老总，你们多少也该留几个子儿吧。

伤兵根本没把她一个女人放在眼里，就在他们横着膀子、骂骂咧咧地往外走时，却和回来的杨铁汉撞了个正着。眼前的一幕他已经看到了，他立在那里，怒目圆睁地横在门口。那几个伤兵也并不惧他，仗着身上背着枪，从他身前身后走过去了。

伤兵们一走，他赶紧扶起彩凤。彩凤顾不上疼，嘴上还在为那些东西心疼。

他叹了口气，跟彩凤商量：要不，咱把杂货铺关了吧，省得生这闲气。

彩凤瞥了他一眼：这是我和大河开起来的，我不想关。再说，关上它，咱一家人吃啥、喝啥？

听彩凤这么说，他也不好说什么了。面对这样的世道，他们和所有的百姓一样，只能无力地忍受着。

又有各种各样的消息不断地传来，听说解放军的部队在攻打四平两次未果后被迫撤走，在东北的南满和北满，解放军又和国民党部队进行着艰苦卓绝的战斗。

这天，一列国民党士兵押解着三四个五花大绑的人往城门口走来。那几个人早已是皮开肉绽，伤痕累累，他们一路走来，一路呼喊着：共产党万岁！

旁边的士兵就用手里的枪托去砸那几个人，但他们依然吃力地、断断续续地喊着口号。

到了城门口，几个人就被推到了城墙根儿上，一排枪齐齐地对准了他们。这时，一个军官走了过来，他把手放在小腹上，冲那几个点点头：现在，我再问一遍，你们有没有改变主意的？只要你们谁点个头，就可以立即获得新生和自由。

军官的目光在那几个人的脸上一遍遍地逡巡着。那几个人没有谁点头，他们似乎很累，把头靠在墙上，闭上了眼睛。

军官就冷笑起来：那既然这样，我就不客气了。

说完，转身离开了那几个人。这时，那几个人像睡醒了一般，猛然睁开眼睛，一起呼喊了起来：共产党万岁！胜利永远属于我们——

只见军官一挥手，一排枪就响了。那几个人身子猛地一挺，又一软，就倒下了。血喷溅到城墙上，如盛开了一朵朵猩红的花。

杨铁汉和许多人都看到了这一幕，那一刻，他想到了牺牲时的老葛和小邓。他们是牺牲在日本人的枪口下，而眼前的几个人却死在了国民党的枪口下，他周身的血呼呼啦啦地奔涌起来，仿佛倒下的人不是别人，而是他自己。后来，他才听说那几个人是地下党，被捕后拒绝招供，才遭到敌人的枪杀。

杨铁汉不知道自己是怎么离开城门口的，竟鬼使神差地又来到了那家中药房。老葛不在了，药房还在。他走进药房，神情恍惚地说：这里有白果吗？老家人急需白果。

药房里的伙计被他没头没脑的话弄糊涂了，一脸疑惑地看着他。

他摇摇头，叹口气，走了出去。

他又来到了布衣巷十八号。现在，他几乎每天都要到这里来一次。他把大门关了，躲到屋里，取出了地砖下的那封信。他仔细地抚摩着那封信，看了半晌，又把它放了回去。

走到院子里，他静静地坐一会儿，想一想。风拍打着门窗，发出一阵杂乱的声响。

在这里，他越发地感受到了孤独，此时的他异常地怀念老葛和小邓。有组织的日子，他的心里是踏实的；自从失去了组织，他就像断了线的风筝，忽悠悠地飘在半空中。

盼　和

彩凤怀孕了。

当彩凤把这一消息告诉杨铁汉时，他几乎不敢相信自己的耳朵。他把彩凤一下子抱起来，彩凤娇羞地用拳头捶打着他的胸口说：轻点儿。

他终于有了自己的孩子，这让他惊喜又不安。养育一个孩子，对任何一个人来说，都是一件让人激动又忐忑不安的大事。此时的杨铁汉，就在经历着这样的一个心理过程。

自从知道彩凤怀孕，他就像换了一个人似的，每天早早地从外面回来，小心地照顾着彩凤。有时生意好的时候，他还能买一点儿肉回来。吃饭的时候，他总是悄悄地把肉放到彩凤的碗里。每一次，彩凤发现后都忍不住又夹到孩子们的碗里。

晚上，孩子们都睡下后，他抚摩着彩凤鼓起的肚子，埋怨道：你该吃点好的，别忘了，这肚子里还有个孩子呢。

彩凤就说：我是大人，清汤寡水的习惯了。

他就叹口气，不说什么，用力地把她抱在胸前。

彩凤贴着他的胸口，轻声地说：铁汉，我给大河生了抗生，现在，我也给你生一个，也算对得起你们了。

他听了，更紧地把她抱住：要生就生个男孩。

她推他一把，开玩笑道：那得看你播的啥种了。

日子一天天地过去，彩凤的肚子也一天天大了起来，像两个人种下去的希望。

在彩凤怀孕的日子里，杨铁汉的心里沉甸甸的，他想了很多，也想了很远。他的身边先是有了军军，接着又来了盼妮和盼春，他是在被动中接受了这些孩子。那时，他承担照顾这些孩子，更多的是把他们当成了组织交给的任务。后来，在与孩子们朝夕相处的几年时光里，他已经把他们视如己出，情感上也像亲人一般，不知不觉间，他就义无反顾地担当起了父亲的责任。而此时，彩凤肚子里小生命的到来，更让他内心生出一种温情。他抚着彩凤日渐隆起的肚子，掩饰不住内心的兴奋：我终于有自己的孩子了，我太高兴了。

彩凤忍不住说：和你成亲那天我就想好了，大河有了抗生，以后我也一定要给你生一个。

提起大河，他的心里就多了一种滋味，这时他就又一次想到了小菊，心里也更加地惦念起她。在他的心里，他已经把她当成了自己的亲妹子。上一次，小菊来家里时，那是彩凤第一次见到她。小菊失望地离开后，彩凤曾追问过他：小菊真是你的亲妹子？

他点点头。彩凤摇摇头：我看着不像。

他抬起头，盯着彩凤说：我没骗你，她虽然不是我亲妹子，可在我心里，她比我亲妹子还亲。

他后来就把小菊的经历告诉了彩凤，但他没有说出两人定亲的事。彩凤听了，半晌没有作声，但还是用肯定的口气告诉他，小菊一定是喜欢上他了。

他听了心里一惊，忙避开彩凤的眼睛，小声地说：彩凤你别乱讲。

彩凤就叹了口气：我也是女人，我是从小菊的眼里看出来的。

他低下头，不敢再说下去。

现在，他和彩凤终于有了自己的孩子，内心的希望就越发的蓬勃起来。

在两个人无限的憧憬和期盼中，孩子哭喊着到了这个世界。果然是个男孩，哭声嘹亮、有力，当杨铁汉把孩子抱在怀里时，他的心“怦怦”乱跳一气。

当天晚上，婴儿就睡在两个人的中间。激动和兴奋让两人都没了睡意，彩凤一遍遍地看着熟睡的婴儿说：这可是咱俩的孩子，你给他起个名吧？

给孩子起名的事他已经不只想了一次，军军被送来时连个姓都没有，就连名字都是随意地改来改去。盼妮和盼春的名字还好，穷日子谁不想有个盼头呢？干脆就让小不点儿也跟了这个“盼”字。想到这儿，他就对彩凤说：我看要不就叫个盼和，你看咋样？

彩凤自语着：杨盼和？那就听你的，就叫盼和。

他翻了个身，看了眼刚出生的儿子盼和：盼妮、盼春和盼和，听起来跟一家人似的，我看军军也叫盼军好了。

彩凤支起身子，点着头说：要不把抗生的名字也改了吧？

那可不行！抗生是大河留下的希望，不能让抗生改名，抗生就叫抗生。他不容置疑地说。

彩凤对他的固执有些吃惊，想了想，就没再说什么。

盼和出生后，军军也有了自己的新名字——盼军。军军为了自己的名字激动了好一阵，一放学就跑到床边，冲着盼和不停地说：盼和，我是你盼军哥。

盼和就躺在那里，冲盼军咧着嘴笑。

孩子出生后，杨铁汉觉得肩上的担子更重了，杂货铺的生意也一日不如一日，兵荒马乱的年代做什么都不容易，经常有国民党的兵到店里白吃白拿，日子勉强还过得下去。杨铁汉除了给人磨刀，还接了些杂七杂八的零活，多少也能挣上个仨瓜俩枣的。

在为生计奔波的同时，他一日也没有忘记寻找组织，组织却如同一块石头，沉进海里，无声无息。但他相信，组织一定还在自己的身边。

他每天还是习惯回到布衣巷十八号看看。十八号在他的眼里是神秘的，那是老葛最初给他安排的住所。他每次回去时依然左顾右盼地张望一番后才打开门，而进门后的第一件事便是去看门缝里有没有纸条之类的东西，一切依旧，他就有些失望。呆呆地在院里站一会儿，叹口气，又走了出去。彩凤和孩子们还在家里等他，他不能耽搁太久。可即便是这样，他每天在去布衣巷十八号之前都有几分激动，毕竟那里曾经是和组织联络的地点。

在一天天漫长等待组织的日子里，发生了一次意外。

这天，杨铁汉和往常一样，吆喝着走街串巷时，一队国民党士兵骂骂咧咧地把他抓走了。他挣扎时，背上被枪托重重地砸了，磨刀的家什也被人踹散了架，那个士兵一边用力地踹着，一边骂：共产党都要攻城了，城都保不住了，你他妈还磨啥刀？

后来，杨铁汉才知道，许多城里的青壮年都被抓来了，他们的任务是在城外筑工事。那一阵子，外面的风声很紧，整个东北都成了共产党的天下。现在，东北的四野部队正向中原挺进。

当杨铁汉得到这一消息时，他知道，现在的解放军正是昔日的八路军。想着就要见到自己的部队时，他的心里激动得一阵狂跳。裹挟在一群百姓中，为敌人修工事时，他就想到敌人将和自己的部队有一场血战。敌人的工事修筑得越坚固，解放军攻城就越艰难，他抬着木料往返于工地时，心里就很不是滋味。

敌人还修了不少暗堡，这是他无意中发现的。他当过八路军县大队的排长，和日本人打仗时，无数次吃过日本人暗堡的亏。明面上是看不见的，只要部队一冲锋，暗堡就会发挥作用。一个在明处，一个在暗处，结果就不用说了。他的心越发焦躁起来。偶然的机会，他在工地上捡到了一支笔头和巴掌大的一片纸，他如获至宝地把它们藏到了身上。

为了日后解放军能顺利地攻城，他开始有意识地利用各种机会，悄悄地把明碉暗堡都记在了心里。晚上，借着月光，把暗堡在纸上画了出来。敌人的工事快修完时，他的工作也完成了。这时，他就想到了逃跑，只有逃跑，才有机会把图纸送出去。

在一个夜黑风高的晚上，杨铁汉开始逃跑了。毕竟是训练有素的军人，又和鬼子进行过无数次周旋，这种军事素质他是有的。他巧妙地避开了敌人的第一道岗哨，又顺利地躲开了流动哨后，却不期与敌人的巡逻队遭遇了。本来他是可以躲过这支巡逻队的，当时，他正伏在一片长草的阴沟里。就在敌人的巡逻队走过时，他飞快地跑上了一条公路，越过这条公路，他就自由了。他本想把情报送到关帝庙，那里曾是他们的一个联络点。他不知道这个联络点现在是否还在用着，但他觉得只要有一线希望，他就要把情报送出去，这样，自己的部队在攻城时就会少一些损失。

出人意料的是，敌人巡逻队中的一个排长这时跑出来解手，他就和这个排长在公路上正面遭遇了。排长大喊一声：谁？站住——

他犹豫了一下，向前跑去。敌人的枪就响了，子弹击中在他的腿上，他“呀”了一声，就栽倒了。已经走过去的敌人听到枪声，又跑了回来，几束手电光团团地将他罩住了。他在被敌人抓住的那一刻，下意识地去怀里掏那张纸片，想把它一口吞到肚子里去。他还没来得及把纸片放到嘴里，他的头就遭到了重重一击，眼一黑，人就晕了过去。那张地图就落入了敌人的手里。

杨铁汉被捕了。

他被关到敌人的兵营里，国民党守备司令部就设在以前的日本兵营里。此时，敌人的形势是这样的——东北失守后，天津和北平相继被解放，冀中的守敌就成了敌人扼守中原的最后屏障。几天前，前线溃退下来的部队和蒋介石派来增援的部队都集中到了县城周围。坐镇县城的守军是国民党的一个师，师长姓许。

许师长是黄埔军校毕业的学生，蒋委员长是黄埔军校的校长，在最关键的时刻，蒋介石想起了他的学生们，那些黄埔精英纷纷被委以重任派驻各个要地。天津和北平相继失守，蒋介石为了延缓解放军向前推进的速度，在冀中增派了军队，准备在冀中平原和解放军决一死战。

许师长就是在这一背景下临危受命。他一到这里，就开始修筑工事，摆出誓死一战的架势。

许师长知道，他现在是和解放军两线作战，一个是正面和解放军作战，另一个战线就是地下作战。

北平被和平解放，共产党的地下组织功不可没。县城里的地下组织从抗日到现在以来一直活跃着。国民党也曾下大力气破坏了一批地下组织，可共产党的地下组织仍然活跃着。这是令许师长最为头痛的一件事，千里之堤，溃于蚁穴，大战在即的县城危机四伏。目前，最让他担心也最让他把握不住的就是活跃在县城里的共产党的地下组织。当他得知杨铁汉被捕的消息时，可以说是如获至宝。按照他的想法，只要撬开杨铁汉的嘴，顺藤摸瓜，就能在解放军攻城之前，彻底粉碎共产党的地下组织，如此，他的部队就有了一半的胜算。

许师长很重视杨铁汉，他亲自派人把杨铁汉带到了师部。

当杨铁汉出现在他面前时，他显得很客气，挥手让勤务兵给杨铁汉倒上了一杯茶。他亲自给杨铁汉松了绑，又拉过一张椅子，放到杨铁汉面前，做出请的手势：杨先生请坐。

杨铁汉没有坐，仍站在那里，目光有一搭无一搭地望着眼前的许师长。见他不肯坐，许师长稳稳地坐下了。

许师长笑着说：杨先生，贵军是收复了东北，也收复了天津和北平，但是，我军仍有几百万大军坐镇长江以南，呵呵。说起江南，那可以说是固若金汤，贵军想跨过长江，几乎是不可能的。别说江南，就是中原也有我们上百万的大军把守，我们是丢掉了一些城市，但战争是要从大局上来看的，不必计较一城一池的得失。我们国军部队的后面还有美国人做后盾，蒋委员长正调兵遣将，准备一举收复失地，你放心，天下还得是我们的。

杨铁汉在许师长说这些话时，把脸扭向了一边。

许师长说到这儿就又呵呵笑了起来，然后，站起身，一步步逼近到杨铁汉面前。他突然伸出手，拍了一下杨铁汉的肩头，杨铁汉下意识地收回了叉开的双腿，怒视着许师长。

许师长笑了：杨先生一看就是行伍出身，扛过枪，打过仗。好，我就喜欢和军人打交道，那咱们就用军人的方式说话。

这时的杨铁汉才把注意力集中到许师长的身上。他望着眼前的许师长，感叹着他的眼力。在国共合作期间，八路军曾和国民党部队打过一些交道，那时他就知道国民党的将领中有着许多具有雄才大略之人。眼前的许师长让他眼前一亮，心里颇有几分钦佩。

许师长及时地把握住杨铁汉的情绪，笑一下，又沉稳地坐回到椅子里：杨先生，你是个军人，或者说曾经是军人，这一点我很欣赏你。两军交战，各为其主，你以前所做的一切，我都能理解，如果你现在幡然悔悟，为我党我军做事，我保你前途无量。怎么样，咱们做个交易吧？只要你说出你的组织，咱们从现在开始就是自己人，在这个师里，除了我这个职位，其他的任你挑。

杨铁汉这时就想到了老葛和小邓，还有城外的关帝庙。尽管自己眼下所做的一切，不是受组织指派，完全是凭着一个地下工作者的敏感和责任，但他也清楚，现在即便把这张地图送到城外，他也不能保证地图能准确无误地送到组织的手里。想到这儿，他觉得没有什么好说的，即使有什么说的，他也不会说出来。他在接受组织培训时的第一课就是忠诚组织，永不叛变。

许师长坐在那里，胸有成竹地盯着他。

他望一眼许师长，终于低沉地说：你别问了，我什么都不知道。

许师长暗吸了一口气，表情凝重地看着他。半晌，才说：我知道你会这么说，我没有看错你，你是条汉子，共产党有许多你这样的汉子，我和他们打过交道，你的风骨我很欣赏。你现在不说，这没什么，有一天你会说的！

说完，他挥了挥手。

几个荷枪实弹的卫兵拥进来，推搡着把他带走了。

杨铁汉做梦也没有想到，彩凤和几个孩子被带到了他的面前。那一刻，他愣住了。彩凤抱着盼和，抗生和军军、盼妮、盼春也都一脸惊恐地看着他。

他下意识地问了句：你们怎么来了？

当他看到彩凤和孩子们身后的国民党便衣时，他都明白了。

他和彩凤、孩子们被关在了一起。

杨铁汉被国民党抓去修工事时，都没有来得及和彩凤打声招呼。他的突然失踪，着实让彩凤和孩子们慌乱了一阵。彩凤怀里抱着盼和，带着几个孩子到处寻找着他。此时，城里许多的女人也在寻找着他们的男人，后来就听说男人们是被抓去当了劳工。彩凤的心里似乎踏实了一些，至少她知道了杨铁汉的消息，可很快不安又从心底升了起来。那一阵子，国民党为了加固城外的工事，在城里挨家挨户地收门板，此时，杂货铺的门板早就没了踪影。

守着四面透风的杂货铺，彩凤的心里充满了惊惧，孩子们也不安地问着：妈，俺爸啥时候回来呀？

彩凤只能安慰着：快了，再有几天就回来了。

她这么安慰着孩子，也在安慰着自己。孩子们睡了，她却整宿整宿地睡不着，想着如果杨铁汉在，她的心就踏实许多。他毕竟是她的男人，是这个家的顶梁柱，有他在，这个家就是安全的，一家老小就有了依靠。

彩凤带着孩子们不停地打听着城外的消息。这时，就有各种消息传了过来，有说城外的解放军在外面已经把城包围了，都能听到隆隆的炮声，还有人说站在鸡公山上都能望见解放军的大旗了……

种种说法莫衷一是，但彩凤似乎看到了盼头，只要解放军攻进城里，铁汉也就能回到家了。

在盼星星、盼月亮地等待杨铁汉回来的日子里，她做梦也没有想到，自己和孩子们竟被国民党的便衣带到了敌人的兵营里。彩凤糊里糊涂地被带进去时还不知道发生了什么，直到她和孩子们见到了杨铁汉，才如梦初醒。

孩子们见到杨铁汉，像受惊的小鸟扑过去，团团地将他抱住了。他张开手臂护卫着孩子们，可是他无论如何也保护不了他们。

许师长自此一般不再露面。

第二天，审讯杨铁汉的是个科长，科长的脾气似乎不太好，吹胡子瞪眼睛地把手拍在桌子上，啪啪地响。

科长厉声说：姓杨的，你放聪明点儿，现在你老婆孩子可都在我们手上。

杨铁汉最担心的事情还是发生了，他不担心自己的安危，但他不能不担心彩凤和孩子们，他咬咬牙，只能说：跟你们说实话，我就是个磨刀的，没有啥组织。

科长就把那张图纸“啪”地拍在桌子上：这是什么，你还不承认？

他闭上了眼睛：那是我画着玩儿的。

科长就哼一声：你怎么不画别的，单单就画这个，你把我们当猴耍啊？

接下来的事情就严重了。

彩凤和几个孩子又被带了出来，杨铁汉也被押到了院子里。院子里有一口井，很深，井边站满了荷枪实弹的士兵，把他们围住了。

科长围着杨铁汉转了两圈，慢悠悠地说：姓杨的，我知道你是条汉子，打死你，你也不会说实话。我以前和共产党打过交道，我太了解你们了。

说到这儿，他冷笑两声，一挥手，两个士兵就架起了盼妮。

盼妮不知发生了什么，十几岁的孩子脸都吓白了，回过头喊：爸，妈，你们救我——

两个士兵把盼妮架到井边，扯着孩子的胳膊，做出往井里丢的架势。

杨铁汉惊叫一声，冲过去，一把把盼妮抱住了。

科长走过来，拍拍杨铁汉的肩：这些可都是你的孩子，人心都是肉长的。我们也不想做恶事，只要你把你的组织招了，你们一家人就自由了。

他抱着盼妮，盼妮抖成了一团。

他把盼妮推到身后，冲科长说：我真的不知道什么组织，我就是个磨刀的。

科长笑了笑，又一挥手，那两个士兵又扯住了抗生，抗生回过头，惨烈地喊着：妈，妈，我怕呀——

他又一次想冲上去时，两个便衣一把拽住了他，被他狠狠地甩开了。他跨上一步，用身体死死地护住了井口。

彩凤似乎被吓昏了，她抱着盼和双腿一软，蹲在地上无力地说：铁汉，你要救救孩子们。

另外几个孩子围在彩凤身后，早已经哭成了泪人。

他慢慢地从井边爬了起来，脸上的表情像哭一般：我说，我说还不行吗？

科长见时机已到，又一挥手，便上来两个便衣，把他推到科长面前。

我画这张图是想送给解放军，可还没有送出去，你们就把我抓住了。

科长对他的回答显然并不满意：我要问的是你的组织，我知道你们的组织已经掌握了我们大量的核心机密。在解放军攻城前，我们要破获你们的组织，只有这样，我们才有可能打赢这场战争。

他无力地摇摇头：我没有组织。

科长的脸色就青了，“哼”了一声道：姓杨的，我看你是敬酒不吃吃罚酒呀！

他拍了拍手。

两个士兵冲上去，把他按在了地上。科长一把从彩凤的怀里抢下了盼和，彩凤大叫一声：还给我孩子——

说完，就要冲上去，被几个士兵死死地拦住了。科长把哇哇大哭的盼和放到井边，回过头，冷笑着：姓杨的，你说还是不说？

他撕心裂肺喊道：盼和——

彩凤也拼命嘶喊着：盼和，我的孩子，你们还我的孩子。

科长脸上的肌肉一阵抽搐，狞笑一声，望着杨铁汉，咬着牙说：老子不信你不见棺材不落泪。

手往前一送，盼和被扔到了井里。

盼和在落下的过程中，仍在喊着：爸——

片刻，一切都没了声息。

他和彩凤一下子失去了知觉。

当他和彩凤醒过来的时候，他们又被关进了监牢里。孩子们围在他们的身边，盼妮抱着彩凤，盼春抱着他，抗生和军军低着头，眼泪仍不停地在脸上流着。

彩凤无力地喊一声：盼和，我的孩子。人就傻了似的瘫在那里。

盼妮就推着她，一迭声地叫：妈，你醒醒，醒醒。

杨铁汉挣扎着坐起来，抱住彩凤，干干硬硬地说：彩凤，是我害了你们，害了盼和啊！

他用拳头，拼命地捶着自己的胸口，欲哭无泪。

盼春把他抱住了，盼春已经是十几岁的小伙子了，自从杨铁汉晕过去，他就一直死死地抱着他。盼春把脸贴在他的脸上，声泪俱下：爸，他们扔的应该是我，不该是盼和弟弟。

听了盼春的话，他身子一颤，紧紧地抱住了盼春，他抖着声音说：你们都是我的孩子，你们都记好了，你们曾经有个弟弟叫盼和。

孩子们点点头，小声地说：爸，我们记住了。

说完，几个孩子又抱在了一起，失去亲人的悲伤，让他们更加懂得亲情的弥足珍贵。

接下来，敌人又提审了两次杨铁汉，希望借此获得地下组织的情况。杨铁汉依然是那句话，图是我画的，但组织是啥我不懂。

见他一副铁齿钢牙的样子，敌人恼羞成怒地动用了刑具，一番皮鞭、老虎凳下来，他咬牙挺住了。受刑时他想的最多的就是盼和，想着盼和现在还泡在冰凉的井水里，受刑的过程就不那么难受了。他一遍遍地在心里说：盼和，你是为爸死的，爸对不住你啊！想到这儿，心里刀剜般的刺痛。

杨铁汉视死如归的样子，让敌人束手无措。在整个受刑过程中，他一声不吭，令在场的敌人都感到不可思议。

当他遍体鳞伤地被带回到牢房里，彩凤和孩子们一起扑了过去。彩凤把他的头抱在怀里，帮他擦去脸上的冷汗，孩子们也小心地查看着他的伤口。

盼妮的眼泪止不住地流下来，她仰起头，叫一声：爸，你受罪了。

他忍着痛，想冲孩子们笑一笑。此时，他不仅觉得对不住死去的盼和，更对不住彩凤和几个无辜的孩子，他虚弱地牵牵嘴角：彩凤，孩子们，都是我不好，让你们跟着受苦了。

军军“哇”的一声哭了，他一边哭，一边抱紧他说：爸，我们不怕苦，我们就是死也要和你在一起。

他听了军军的话，也一把搂住了军军。军军刚被送来时，还是个三四岁的孩子，此时的军军已经十二岁，是个大孩子了。这么多年过去，孩子们早就把他当成了爸爸，他自己也在心里把他们当成了自己亲生的孩子。有时候，他就想，如果真的和组织联系上了，他还舍得把他们送走吗？当时考虑把孩子送到延安是形势的需要，现在，形势没有那么紧张了，孩子也一个个即将成人，说实话，他舍不得。他甚至想到，即使有一天组织找到他，他也不会让孩子们离开自己。此时，他被孩子们团团围住，他感受到了前所未有的幸福。于是，他勉强咧开嘴，笑一笑：孩子们，放心，爸不会死。你们还没有长大成人，爸妈还要把你们养大呢。

彩凤的眼泪滴在他的脸上，他抬起头，看着彩凤，硬撑着挤出一丝笑容：彩凤，我答应过大河的，你放心。

他颤抖着伸出手，把彩凤脸上的泪水擦去了。他又说：我也答应过你，要让你和孩子过上安稳的日子，可我没有做到，让你们受苦了。

彩凤听到这儿，泪水又一次涌了出来，她捂住他的嘴，哽着声音说：你快别说了。

解　放

一天夜里，牢房外隐约传来了隆隆的炮声。

杨铁汉一下子醒了，他把彩凤和孩子们也喊醒了：听，是炮声。

彩凤和孩子们一下子坐了起来，透过铁栏杆向外面望着。窗口很小，只能看到天边挂着的几颗星星。

杨铁汉肯定地说：这炮声不会超过二十公里，可能是鸡公山方向打来的炮。

身为老兵，这点经验他是有的。

盼春一脸兴奋地问：爸，是解放军攻城了？

他点点头，抓住铁栏杆，目不转睛地望着头顶的一方天空。

半晌，他用拳头捶着墙说：敌人的工事里修了暗堡，一定要用大炮多轰一会儿，冲锋时才会少些损失。

彩凤和孩子们也都挤到牢房门口，此时的杨铁汉似乎变成了指挥员，兴奋地介绍着前沿的情况。一声又一声的爆炸传了过来，他两眼放光地说：听，这是迫击炮！

炮声越来越清晰了，敌人的兵营俨然乱成了一锅粥，纷乱、嘈杂的叫骂声远远近近地传了过来。杨铁汉蹲下身子，拥住孩子们激动地说：我说过，他们的尾巴长不了。看吧，他们要逃跑了。

外面的枪炮声一阵响似一阵，甚至能听到隐约的喊杀声了。

杨铁汉一脸遗憾地说：地图没有送出去，要是到了解放军的手里，攻城的速度就会更快一些。

敌人越发乱了阵脚，为了撤退，他们甚至大打出手。

随着枪炮声更加的清晰，敌人像退去的潮水，一下子安静了下来。天亮的时候，整个县城没有了枪炮声，也没有了喊杀声。不一会儿，一列队伍跑步的声音惊醒了清晨的静寂。

杨铁汉听到有人在砸监牢的大门，他扑在铁栏杆上，冲彩凤和孩子们喊：是咱们自己的部队！

门，哗的一声开了，外面的阳光倾泻进来，晃得人半天才睁开眼睛。一双双温暖的大手伸了过来，杨铁汉激动地握住了。一位解放军军官用高亢的声音说：同志，让你们受苦了，现在你们自由了！

恍若梦中一般，冀中真的解放了，平津战役也胜利地结束了。解放大军又开始马不停蹄地向南方推进。

恢复自由的杨铁汉和彩凤带着孩子们，又回到了振兴杂货铺。

解放了的县城，到处都是百废待兴的样子，大街上到处是穿着解放军军服的同志。那几日，杨铁汉兴奋地走在街上，仔细地端详着那些解放军，希望能看到一张熟悉的面孔。他一个个地望过去，看到所有的人都是那么熟悉，可走到他们面前，却又是那么陌生。走一阵，找一找，他开始清醒过来，日本人投降时自己的队伍也进过城，他也寻找过，后来才得知自己曾经熟悉的县大队的战友们几乎都牺牲了。意识到这一切时，他如梦初醒，这才想起了自己的身份，现在他只是一个失去组织的地下工作者。他的任务是等待着组织和他联系、接头，目前他的工作还没有完成，手里的一封信还没有送出去，那三个已经长大的孩子他也要亲手交给组织。

兜兜转转地回到布衣巷十八号，他又一次拿起笤帚，把屋子里里外外地打扫了一遍。当年老葛曾经千叮咛、万嘱咐地交代过他：一旦与组织失去联系，一定要耐心等待，组织是不会忘记自己的同志的。

这么多年来，他一直信奉着老葛的话。尽管在漫长的等待中，他也曾有过迷失和懈怠，可当他一想到老葛的话，就又一次振作起来。从过去到现在，他只有一个念头，那就是等待着组织前来和他联络。

县城解放后，他曾经做了一个梦，梦见组织派来的人敲开了他的门。这人不是别人，正是老葛。他想扑过去，老葛伸出一个指头，在嘴上做了个“嘘”的动作，他这才想起了暗号。

老葛不动声色地看着他：你有白果吗？

有，你要多少？他急切地回答。

老葛继续面无表情地说：老家人急需白果治病，要很多。

暗号对上了，他大叫一声：老葛——

像个委屈的孩子，他一下子扑到老葛的怀里，抱着老葛说：你咋才来呀老葛，我都等你们这么多年了……

他在梦中号啕大哭起来。

结果，他就醒了。

彩凤欠起身，一脸不解地望着他。

她说：你做梦都在哭呢。

他抹了一把脸上的泪，这才意识到自己刚才是在做梦。他醒了，便再也睡不着了，睁眼闭眼的都是老葛，老葛当年说过的话又一次在他耳边响起：白果树，你记着，无论什么情况你都要耐心等待。就是和组织失去联系，组织也会千方百计和你联系的，你要学会等待。

这是老葛交代给他的话。这么多年来，他始终牢记着老葛的话。

每天，他都要准时地去一趟布衣巷十八号，那是他和组织的联络地。他要坚守在那里，像坚守阵地一样。

后来，他不仅白天来这里，有一天甚至在杂货铺收拾起铺盖，夹着行李卷走出门。

彩凤疑惑地问：你这是要去哪儿啊？

我要去等人。说完，他头也不回地走了。

有一段时间，他吃在布衣巷，睡在布衣巷，晚上也会醒来几次，走出院子，这里看看，那里摸摸，他似乎觉得刚才就有人来过。他为了证明自己的存在，甚至不停地站在院子里咳嗽着。

有时，他打开大门，又打开屋子的房门，似乎只有这样，组织才会顺利地找到他。他干脆不睡觉了，眼睁睁地坐在床上，仔细地听着门外的动静。

他一次又一次地把屋子里的地砖撬开，取出那封没有来得及送出去的信，一遍遍地抚摩着，然后又小心地放回去。他拍拍手上的灰土，在心里说：咋还没来呀？

解放后的县城日新月异地变化着，地方的组织也建立起来，有了县委，县委就设在敌军司令部的二层小楼里。日本人在时，这里是日本人的指挥部。现在解放了，这里成了县委办公的地方。

县委挂牌的那天，杨铁汉找到了县委。进出县委的人很多，每个人的脸上都喜气洋洋的。新政权成立了，他们有千万条理由感到高兴。杨铁汉随着人流来到了县委，他的心“砰砰”地一阵急跳，这就是自己这么多年来千呼万唤的组织。以前，他就知道这里有个地下县委，但自己只能与下线小邓单线联系。现在，地下县委浮出了水面，他就要到这里来接头了。

这时，他看见一间门虚掩着，里面坐着两个人，一个年纪稍大，另一个样子很年轻，正伏案查看着什么。他把门缝推开了一些，探进头说：你们这儿有白果吗？

这是他铭记在心的接头暗号。

两个人同时抬起头，望着他。

停了一下，他又说：你们这儿有白果吗？

两个人对望一眼，不解地冲他点点头：同志，你有什么事？

他看着他们说：老家有病人，急需白果。

年纪稍大的那位就说：同志，我们这里是县委，是办公的地方，不是药店。你要买白果得去药店。

他有些失望，叹了口气。转身，又来到另外一个房间，仍然重复着他的暗号，他得到的答复无一例外地让他失望。他几乎敲开了县委办公室的每一扇门，不停地重复着他的暗号，却始终没有谁能对上他的暗号。没有暗号的接应，就证明这些都不是他要找的人。这是组织的纪律，也是老葛的指示，只有对上暗号，才能公开自己的身份。

接不上暗号，他只能默默地离开了县委。他来县委时心里充满了希望，以为只要自己把暗号说出来，肯定就有人和他对上暗号。结果却是更大的失望，他只能继续等待下去。

他独自回到布衣巷十八号，又一次从地砖下取出那封信。牛皮纸信封的颜色已经暗得几乎失去了光泽，薄薄的一封信拿在手上，竟变得沉甸甸的。这是组织交给他的机密，到他手里后，就再也没有被送出去。他不知道里面到底是一份什么样的机密。他举着信封，冲着太阳看，却什么也看不到，他呆怔半晌，重新用猪尿脬包在信封外面，放回到地砖下。

他走到院子里，此时正是丁香花盛开的季节，密密匝匝的淡紫色小花顺着墙边热闹地开着，院子里香气四溢。他站在院子当中，仰起了头。太阳有些热了，他眯着眼睛冲着太阳说：有白果吗？

他的声音空洞而又邈远。

除了徐徐的风从耳边掠过，没有人去回答他。他又重复了句：你这里有白果吗？

说完，他支起耳朵，仔细地辨别着各种声响。结果却是，院子里一片寂静，像午后的海，没有一丝波澜，一切都变得无声无息。

不知在小院里立了多久，终于又扛起磨刀的家什走了出去。

巷子里很快就响起了一阵高亢的吆喝：磨剪子嘞，戗菜刀——

解放了，一切都安定了下来，百姓们放心地在街上走着，一张张脸上充盈着幸福与满足。杨铁汉磨刀的生计明显好了起来，他走进一条胡同，放开嗓子一阵吆喝，一把把刀就明晃晃地伸到他的眼前。过来磨刀的很多人他都是熟悉的，当初他当上磨刀匠的时候还是个小伙子，十几年过去了，三十几岁的他早已是一脸胡楂儿，一副当家男人的样子。当然，磨刀技术也今非昔比。每当有人把刀递过来时，他都会认真地看一眼那人。这些熟悉的面孔往往无意中勾起他对往事的回忆。那时，他给人磨刀只是个幌子，一旦接到任务，经常放下磨了一半的刀，冲人说声对不住，家里有急事就慌慌地走了。现在，那些熟悉的面孔还在，他的心却像掉进了黑不见底的深洞，无着无落。

太阳落山的时候，他拖着疲惫的身子回到了杂货铺。几个孩子也早已回到家里，盼妮和盼春正在读高中，抗生和军军也快小学毕业了。四个孩子像一面墙似的站在他的面前，他一看到这几个孩子，就不由得想到了盼和，心情就复杂起来。

彩凤依旧在忙碌，杂货铺的生意也比以前好多了，她里里外外地忙着，没有闲着的时候。现在，当一家人围坐在一起吃饭时，小小的饭桌就显得很拥挤了，盼妮和盼春就会端起碗，在碗里夹些菜，站到一边去吃了。

他抬起头，看着长大的盼妮和盼春，心里就沉一下，时间过得真快呀！盼妮和盼春送到他这里已经十年了。十年的风霜雪雨，孩子们似乎转瞬间就长大了，可他还没有把他们送出去，完成组织交给他的任务。

他的心里顿时沉甸甸的。这时，他又看到了军军和抗生，军军也已经十三四岁了，长成了半大小子。抗生的眉眼也越来越像大河，看着抗生，他恍惚就像看到了大河。

孩子们风卷残云般很快就吃完了，抹一把嘴，就回到房间写作业去了。饭桌边只剩下他和彩凤，彩凤把盘子里的菜扒到他的碗里，说了声：孩子他爸，你多吃点儿。

自从有了盼和，彩凤就一直这么喊他。现在，盼和没了，她仍然没有改口。他听了，嗓子一阵发堵，面前的饭就再也吃不下去了。他放下碗，悠长地叹了口气。

彩凤也意识到了什么，躲在一旁抹起了眼泪，一顿饭就这么吃得没滋没味的。

晚上，躺在床上时，两个人也是辗转难眠。他又莫名地叹了口气，彩凤干脆坐起身，在黑暗中望着他。半晌，她终于憋不住说：有些话我不该问，可我还是想问。

他的身子动了动，似乎等着她继续说下去。

彩凤压低声音说：现在都解放了，你还没有找到吗？

听了她的话，他身子一颤，半晌没有说话。

嫁给他这么多年，彩凤对他的身份一直揣着明白装糊涂，即使是这些孩子她也从来没有多打听过一句，只是尽心尽力地照顾着他们。尽管他从没有对自己明说过什么，但她相信自己的直觉。

他望着她，半晌才摇了摇头。

你去县委找过了？她问。

他迟疑了一下，还是点点头。

县委也没有你要找的人？她又问。

这次他没点头，也没摇头，索性从床上坐了起来。

屋子里一片静寂，过了一会儿，黑暗中她幽幽地说：联系不上也好，这些孩子我都带习惯了，要是他们冷不丁走了，我会不习惯。

他的心咚咚猛跳了几下，突然，他用力抓住她的手，压低声音说：彩凤啊，这几个孩子的事你对谁也不能说，记住了？

彩凤望着他，认真地点点头。

他又用力地攥了攥她的手，把她拥到怀里。忽然，她轻声啜泣起来，他不解地望着她。她用手捂着脸，哽咽着：孩子他爸，我想咱们的盼和。

她的一句话，让他的眼泪一下子就流了下来。如果不是因为自己，盼和就不会死。他忘不了敌人把盼和扔到井里的一刹那，更忘不了盼和那双惊惧的眼睛和凄厉的尖叫。有许多次，他在梦里听见盼和在喊他，梦见盼和从高处落下来，他伸手去接时，人就从梦中醒了过来。醒了后，他仍在喊着盼和。他呆呆地坐在黑暗里，满身是汗，满脸是泪。他捂住脸，一遍遍地在心里说着：盼和，爸对不住你。眼泪顺着指缝点点滴滴地流下来。

他醒了，彩凤也就醒了，当他躺下时发现彩凤的枕头已经湿了一片。他一把抱住彩凤，哽着声音说：彩凤，我对不住你啊——

彩凤把头埋在他的怀里，半晌才说：孩子他爸，要不咱再生一个吧？不管是男是女，都叫盼和。

他慢慢松开了她，望着无边的黑暗，重重地吐出一口气说：不用了，咱们有那么多孩子，多一个、少一个也没啥，再说盼妮他们都是咱自己的孩子。

彩凤不再说话，眼睛直直地看着他，泪水慢慢地流了出来。

此时，听到彩凤又提起盼和，他的心又一次刀剜般的刺痛。看着彩凤伤心的样子，他只能小声地劝慰着。

在以后的日子里，杨铁汉每一天都怀揣着希望，肩上扛着磨刀的家什，一路地吆喝着：磨剪子嘞，戗菜刀——

直到晚上，当他把杂货铺的大门关上，他才长长地吁一口气。一天就这么结束了，明天他又将迎来一份新的等待。

在漫长的等待中，解放军的百万大军过了长江。新中国也成立了。

接下来，海南也解放了，穷途末路的国民党逃到了台湾。

不久，抗美援朝爆发了。

这一年，盼妮和盼春高中毕业，军军和抗生也顺利地上了中学。

参　军

高中毕业的盼妮和盼春，已经是大人了，他们嘴上挂着的都是一些新名词。那时的社会正日新月异地发生着变化。抗美援朝爆发后，全国人民的目光都投向了朝鲜，人们也就是在这个时候知道了鸭绿江。部队正源源不断地登上一列列火车，开进东北，开赴了前线，全国上下掀起了抗美援朝、保家卫国的热潮。

这天，盼妮和盼春喜气洋洋地从外面回来，抢着向杨铁汉和彩凤说：爸，妈，我们要去当兵。

杨铁汉正在杂货铺门前侍弄磨刀的家什，彩凤也在仔细地整理着货架。这是一个阳光明媚的好日子。

盼妮和盼春就在这美好的日子里，说出了这句石破天惊的话。

杨铁汉手里的磨刀石"当"的一声，掉在了地上。盼春走过去，把掉在地上的磨刀石拾了起来，郑重地放在杨铁汉面前，又低声说了句：爸，我和盼春想去当兵。

这时彩凤也回过身，睁大眼睛望着两个孩子，待她听明白后，她的目光和杨铁汉的目光碰到了一起。

那些日子，满大街都贴满了红红绿绿的标语，口号声也一浪高过一浪，征兵站的门前挤满了适龄的男女青年。

当杨铁汉听到孩子说出这样的话时，他缓缓抬起头，没有去看两个孩子，而是将目光投向了很远的天边。那一刻，他想到了自己和大河，还有县大队的那些战友们，半晌，他把目光收了回来，落在两个孩子的身上。盼春急切地说：爸，我和姐都报名了，两天后就走。

他望着盼妮和盼春，突然，眼里滚出了两滴眼泪。他扭过头，不让孩子们看到他的眼泪。他最后就蹲在了地上，盯着自己的脚尖说：你们两个真想当兵？

盼春也蹲在了地上，激动地说：保家卫国是我们每一个新中国公民的责任。

他又一次抬起了头，望着盼春，他看见盼春的眼睛一闪一闪地亮着。

这么大的事，我要和你妈商量一下。

说完，他拉着彩凤进了里屋。

孩子他娘，盼妮和盼春要去当兵了，你看这事儿……

他犹豫地看着彩凤。

彩凤也心事重重地说：要是自己的孩子咱咋着都行。

杨铁汉也正是因为这个才要和彩凤商议一下，他知道彩凤不会说出明确的意见，但他还是要和她商量一下，似乎只有这样，他才能踏实。对两个孩子要当兵，他打心眼里高兴，可他就这么答应了，万一两个孩子走后，组织上来找，他又如何向组织交代呢？想到这儿，他又有些茫然。彩凤也没有更好的主意，看来，主意还是要自己拿了。

晚上，他坐在杂货铺外的空地上，望着满天的星斗前思后想着。不知过了多久，盼妮和盼春轻轻走到他身边，挨着他坐下了。

爸，我们知道你心里想的是啥。

他看着眼前的盼妮。盼妮已经是十八岁的大姑娘了，刚来时她还是个七八岁的黄毛丫头，睁着一双黑黑的大眼睛，不冷不热地看着他。时间过得真快，以前的一切，恍如就发生在昨天。

盼妮说：爸，这么多年了，你和妈把我们养大不容易，到哪儿我们都不会忘记你和妈对我们的恩情。没有你们就没有我们的今天。

盼妮说完，就把身子和脸偎过来，贴在他的肩头。

他的心热了一下，又热了一下，鼻子就有些发酸，所有的风风雨雨、酸甜苦辣在盼妮的一席话中都荡然无存。他哽着声音说：盼妮、盼春，爸再问你们一遍，你俩真的想去参军？

盼春急不可耐地拍着自己的胸脯：爸，你放心，我们参军后决不给你脸上抹黑。现在，新中国需要我们去保卫，您没看美国人都把战火烧到我们的家门口了。

看着激情四溢的盼春，他仿佛看到了年轻时的自己。参加县大队时，他也正是盼春这个年龄，那时他觉得自己浑身上下有着使不完的力气。

他站起身，两个孩子也站了起来。他紧紧地拉住盼妮和盼春的手说：你们要去参军我赞成，如果爸再年轻个几岁，爸也会和你们一样，可是……爸得为你们负责啊！

爸，我和盼春已经长大了，又不是小孩子，我们能对自己负责。

盼妮这么说了，杨铁汉就知道两个孩子决心已定，他们真的就要走了。没有等他再做出反应，盼妮就撒娇地抱住他的胳膊说：爸，你真好！你答应我们去参军了是不是？

见盼妮这么说，盼春也一脸期待地看着他。

杨铁汉面对着眼前的一对儿女，一颗心就软了，此时的他还能说什么呢？

盼妮和盼春临走的那天早晨，彩凤起了个大早，她把家里所有的面都和了做糖饼。糖饼烙好后，她又小心地用包袱包好，准备给两个孩子带在路上吃。

盼妮和盼春早早就穿上军装，亲热地和一家人做着告别。他们拉着军军和抗生的手说：弟弟，姐姐和哥哥要去参军了，你们一定要好好学习，听爸妈的话。

军军和抗生已经是十三四岁的初中生了，他们明白哥哥和姐姐是去当兵了，两个人既羡慕又有些不舍。军军眼巴巴地望着盼妮和盼春崭新的军装说：姐，哥，你们走吧，等高中毕业了，我们也去当兵。

抗生咬着嘴唇，眼泪汪汪地看着哥哥和姐姐，一句话也说不出来。

彩凤这时就把热乎乎的糖饼放到两个人的手上，分别的时刻终于到了。

杨铁汉从屋里走出来，不由分说地从两个孩子的肩上摘下行李，背到自己的肩上，头也不回地向前走去。盼妮和盼春赶紧跟了上去，他们一边向前走，一边不停地挥着手。

彩凤向前追了两步：到了朝鲜，别忘了写封信回来啊——

盼妮和盼春就回过头说：妈，你放心吧。

彩凤已经是满眼泪水了，她努力睁大眼睛，盯着两个孩子越来越远的身影。

新兵站门前，杨铁汉立住了脚。那里已经会集了许多的新兵，他们抓住亲人的手，一边听着家人的叮咛，一边用力地点着头。

杨铁汉把背包分别挂在盼妮和盼春的肩上，又替两个人扯了扯衣襟。他望着他们的样子，既像个父亲，又像个老兵。半晌，他终于说：孩子，你们就要走了，说心里话我舍不得。保家卫国是好事，你们记住一条，你们的父母都是好样的，到了队伍上，别给他们抹黑。

说完，他头也不回地走了。

爸——

盼春在他的身后喊。盼妮的眼泪止不住流了下来，她的声音带着哭腔：爸，你的话我记下了，你放心。

杨铁汉没有回头，他也不敢回头，他怕孩子们看到自己的眼泪。他现在既是父亲，又是个老兵，他不希望当着孩子的面流泪。

回到家的杨铁汉独自把自己关进了屋子，任凭彩凤在外面怎么喊，他都没有开门。

他坐在那里，冲着墙壁拼命压抑着自己的情感。

运送新兵的车开走了，群众欢送的口号声远远地传来，杨铁汉终于控制不住地捂住脸，失声痛哭起来。门外的彩凤不知发生了什么，一边拍打着门，一边急切地喊：孩子他爸，你这是咋的了？

盼妮和盼春走了，家里似乎一下子就空荡了许多。白天的时候，军军和抗生上学后，家里就只剩下他和彩凤了。彩凤店里店外地忙进忙出，他坐在那里，呆呆地望着远处，半晌，他冲彩凤喊：孩子他妈，两个孩子走了有几天了？

彩凤就在屋里掰着手指头算了算说：差不多有十天了吧。

他就喃喃自语着：这也该来个信了。

想了会儿，又张望一会儿，他就扛着磨刀的家什走了出去。当他走到布衣巷时，他会走进十八号，推开嘎吱嘎吱的院门，进到屋里。这时他又悄悄地取出那封信，小心地冲着光亮处看一看，再把它包在猪尿脬里，放回到地砖下。他长长地吁出一口气后，会呆呆地想上一会儿，又想上一会儿。这才站起身，走到院子里。正午的阳光白刺刺地照在身上，这时的四周很静，他又一次想到了当年在这里和老葛、小邓接头的情形——三下轻重不一的敲门声响过，就会有各种任务交到他的手上。尽管那样的工作既神秘又危险，他却乐此不疲地感到很充实。想起当年做地下工作的日子，一切仍历历在目。

此时的十八号院很静，静得他心里有些发慌。这里一切如昔，情形却再不相同。恍惚间，他又想到了盼妮和盼春，两个孩子到现在还没有信来，这让他的心里颤颤悠悠的。从这两个孩子身上他就又想到了盼和，想到可怜的盼和，他的心就有一种被撕裂的感觉。

彩凤也在思念着盼妮和盼春。晚上，她从梦中惊醒，坐了起来。杨铁汉也被她吓了一跳：孩子他妈，你咋了？

彩凤就带着哭腔说：我梦见那两个孩子了，他们在战场上受了伤……

杨铁汉也披衣坐了起来。两个人就在黑暗中默默地想着那两个孩子，半晌，杨铁汉才说：孩子他妈，这梦都是反着的，你咋能信梦呢？睡吧。

两个人慢慢地躺下，却再也睡不着了，彩凤喃喃地说：也不知道两个孩子现在在什么地方？他们能睡好吃饱吗？

杨铁汉就下了床，从抽屉里翻出一张地图。那是一张朝鲜地图，自从两个孩子参军走后，他就买了这张地图，有时间就拿出来看一看。他划着一根火柴，点上油灯，像指挥员似的看过地图后，肯定地用手指着地图上的某一处说：要是不出意外，咱们的孩子应该是在这里。

彩凤也凑过去，在地图上看到了一个黑黑的小圆点。她看不懂地图，更搞不清地图上的东西南北：那他们离咱家有多远哪？

杨铁汉也说不出具体有多远，他只知道两个孩子从家里出发，就一直向北，先是过了山海关，又过了鸭绿江，然后再北上。朝鲜到底有多远，他也说不清楚，他就在心里估算着，也许是两千公里，也许是三千？他就模糊着说：哎呀，这我也说不好。孩子好歹是出国作战，肯定是远着呢。

彩凤一听，眼泪就下来了，有几滴泪水滴落在地图上。杨铁汉忙把地图上的眼泪擦了，小心地收好地图，嘀咕着：你看你，也许没有多远，我就那么一说。

彩凤用手抹去眼角的泪水：过两年军军和抗生也大了，他们是不是也得离开咱啊？

杨铁汉没有说话，他又想到了组织。这三个孩子都是组织交给他的，如果有一天组织来找他要人，他就得把孩子交还给组织。到那时，任务是完成了，可孩子们也走了，他的心里又会是什么滋味呢？他说不清楚，也不敢去想。

两个人在这种无依无靠的思念中，终于等来了盼妮的来信。

盼妮在信里说：爸，妈，你们好！我和盼春分到了一个师，我在师文工团工作，盼春分到了排里。我们文工团的工作就是唱歌跳舞，为战斗部队加油鼓劲。爸，妈，你们就放心吧。我们之所以参军来到朝鲜，是因为我们知道，我们的亲生父母是八路军，他们为革命献出了自己的生命。作为新中国的青年，我们也要为保家卫国献出自己火热的青春。爸，妈，我们一离开家，就开始想念你们和弟弟了。我们知道，我们这个家是一个特殊的家庭，无论走到哪里，我们都会记住你们的养育之恩……

盼妮这份充满理想和亲情的信，是杨铁汉读给彩凤听的。彩凤听着，眼泪就落了下来：孩子他爸，咱们的孩子真的长大了，成人了。

盼妮的信来了没多久，盼春的信也寄来了。盼春的信封有一种被火燎过的痕迹，看样子，这封信能邮寄回国内，不仅仅是远隔万水千山，还经历了战争烽火的洗礼。盼春的信写得干净、简练，他没有那么多的儿女情长，只有作为一名志愿军战士的决心。他在信里说：爸、妈，我到了朝鲜已经大半个月了，我现在正在战壕里给你们写信。一个小时前，我们连又打退了敌人的第五次冲锋，现在，敌人的照明弹还在头顶上亮着。爸、妈，我是你们养大的孩子，请你们放心，我决不会给你们丢脸，我要把立功喜报寄给你们。对了，下午上阵地前，我看见盼妮了，她现在在师宣传队，唱歌跳舞，为我们战士加油鼓劲。好啦，不多写啦，敌人又要开始新的冲锋了……

信就到此戛然而止。盼春也可能把这封信刚刚交给通信员，又一轮战斗就打响了。

杨铁汉看着信，自己似乎也被带回到那烽火连天的岁月。有一股力量在他心底里又一点点地燃烧起来，他读罢信，长久地在心里呼唤着：孩子，我的孩子——

关于小菊

孩子们走了，他和彩凤心里就空了。他俩经常面面相觑不知说什么好，日子就冗长了起来。

有时，杨铁汉坐在杂货铺前，一坐就是半天，他的目光努力地寻找着天边，想着这么多年的经历，想着自己。想来想去的就想到了小菊，他的心猛地一抖，这么多年了，他从心底里从来没有忘记过小菊。在以前忙乱的日子里，小菊的影子只能在他心里飞快地掠过，或者是出现在他的梦里。他知道，小菊是个好姑娘，如果没有日本人，没有战争，他早就和小菊结婚了。生活又将是另外一番模样。有时，他望着眼前的彩凤，恍惚间就像是见到了小菊，两个人交错着出现在他的面前，让他分不清彼此。现在，时间似乎是凝固了，小菊像午后的树影，慢慢地爬上了他的心头。他对不住小菊，他在心里千遍万遍地自责着，可他也万万不能对不住大河和彩凤，更不能对不起那几个孩子。如果大河换成是自己，他相信大河也会这么做的。可他千真万确地伤了小菊的心，一想到小菊，他就想到了小南庄，思绪也一下子飞回到了往昔——

每天直到天黑，他才从地里走回来，远远地，他就看见小菊倚在门口。一进院子，小菊就打好水等他洗完脸后，麻利地端上饭菜。一家人吃完饭，星星早就热闹地挤满了天边，两个人坐在院外的土坡上，一起望着星星和月亮。

小菊向他的身边靠近一些，蚊子哼哼一般，轻声说：哥，俺都十六了。

他明白话里的意思，在这之前，爹娘曾跟他说过，等小菊十六了就给他们成亲。听小菊这么说，他的脸一阵发烧，燥热一下子直抵心里。他不会说什么，嘴里“噢”了一声，说：等到了秋天，地里的庄稼就熟了。

小菊瞥了他一眼。月光下，他看到小菊的眼波一闪一闪的，他终于鼓起勇气，用力地把小菊抱了一下。

小菊附在他的耳边，一脸娇羞地说：哥，等成了亲，俺就给你生一堆孩子，让咱的日子红红火火的。

他更紧地揽住了小菊的腰，像紧紧地抓住了美好的未来。可惜，好景不长，日本人来了，他一腔热血地参加了县大队，他的人生就是另外一番模样了。

此时的杨铁汉一想起小菊，心里就五味俱全。鬼使神差地，他出了城门，直到走上了通往小南庄的路，他才清醒过来。这时，他已经远远地望见小南庄了，他的眼睛潮湿了。他一步步向那里走去，每迈一步，他的心都被抽紧一次。他终于站到了那扇熟悉的门前，小菊正推门往外走，一抬头，看见了立在门口的杨铁汉。

小菊张着嘴，望了他好久，嘴里叫了声：哥，你回来了？

他抖着嘴唇，一脚门里，一脚门外地站在那里。

小菊猛地背过身去，肩膀一耸一耸地抽动着。

他站在小菊的身后，半晌，才抖着声音说：小菊，哥对不住你。

小菊突然“哇”的一声，蹲在地下，大哭了起来。

他蹲下身，抓住小菊的手，红着眼睛说：小菊，哥对不住你，你狠狠地打哥一顿吧。

小菊止住了哭，抽回手，抹了一把脸上的泪：俺干吗要打你，你又没做错什么。

他望着小菊，心里狠狠地疼了一下，眼泪终于流了下来。

小菊把头扭向一边，望着院子里的某一个角落。

他知道小菊委屈，更知道小菊心里的怨恨，他慢慢站起身，走到小菊面前，一股脑儿地说出了他和战友魏大河之间的承诺。小菊是记得魏大河的，当他讲到大河牺牲时那双闭不上的眼睛时，小菊受不了了，她捂着嘴说：哥，你别说了。

小菊的眼泪止不住地流了下来。

他突然跪在了小菊面前，声泪俱下地说：妹子，哥对不住你，对不住爹娘啊。

小菊抱住他，喊一声：哥，俺懂你的心。

这时的小菊已经没有了怨恨，她望着杨铁汉，眼里充满了关切：哥，你以后要照顾好自己。

他点点头，望着小菊和小菊身后空空的房子，强忍着眼里的泪水说：小菊，哥让你失望了。这家里今后也该添个人了。

小菊抹一把泪，站起身来：哥，俺自己能行，俺的事你不用操心。

说完，转身走进屋。

当小菊把做好的捞面端到他面前时，他忍不住又想起了以前的日子。每次吃饭时，小菊都不错眼珠地看着他。等他稀里呼噜地吃上一气，抬起头，看到小菊一直望着自己，就奇怪地说：看啥？你咋不吃？

小菊笑一笑，小声地说：俺就爱看你吃饭的样子。

现在，小菊还像以前一样盯着他问：哥，好吃吗？

他望着她叹了口气：妹子，你做的捞面哥一辈子都不会忘。

他埋下头，吃着面，泪水滴在碗里。小菊也背过身去，不让他看到自己的泪水。

他终于要走了。他留恋地看着这个熟悉的小院，看着小菊，许久，他说：妹子，我该走了。

他走到门口时，小菊喊住了他，她走过去，用手抻了抻他发皱的衣角。他背过身子说：妹子，你不能一直这样，哥心里难受。

小菊淡淡地笑一笑：哥，俺能照顾好自己，俺这样挺好。哥你照顾一大家子，难为你了。你以后累了，想家了，就回来看看。

他不再说话，怕自己的眼泪掉下来。他知道，这辈子小菊也不会走出他的心了。

他走了很远才回了一次头，他看到小菊还立在那里，遥远地望着他。

他转过头时，泪水再一次涌了出来。

朝　鲜

盼妮作为一名文工团员走向异国他乡的那一瞬间，她觉得天地一下子广阔起来。这里到处是激昂的战歌，到处是热血沸腾的部队，她的情绪顿时被点燃了。

每次为一支即将出征的队伍演出时，她的嗓子都会唱哑。当她目送着部队出征的身影时，她的心里就有一种隐隐的不安。当初，她下决心和同学们一起报名参加志愿军时，她没想到自己会成为一名文工团团员。她的梦想是扛起枪豪迈地走向战场。结果，她却被分配到了文工团，而弟弟盼春如愿地走上了前线。因为自己没有扛上枪，她还和盼春激烈地吵了一架。

他们在丹东一起接受了新兵的培训。那时，两个人还在一起拿着枪操练，也打过靶，盼妮打靶的成绩一点儿也不比盼春差，甚至还比盼春多了一环。当时盼春的鼻子都气歪了，他故意在盼妮面前显摆：你多一环有啥用？你们女的照样上不了战场。

盼春的话似乎成了一句预言，结果，到了朝鲜后盼妮果真被分配到了文工团，盼春去了战斗部队。盼春扛着枪，一遍遍地在盼妮面前晃来晃去：咋样，你们女的就是女的。

盼妮当初报名参军就是想扛枪打仗，那时她对部队还不了解，觉得自己报名参军了，就一定会拿起枪，奔赴战场。现在，她是奔赴了战场，却没有拿起枪。她目前的武器只有自己的一副嗓子，她对这样的状态极不满意。到文工团后没多久，她就找到了团长老赵。老赵是文工团的老资格了，在延安的时候他就是名文工团团员，能写会画，能唱会跳。一直在文工团工作的老赵似乎磨出了一副好性格，遇到什么事似乎都不着急，说话办事总是慢条斯理的，说话像唱歌一般。

盼妮到文工团不久，就找到了斯斯文文的老赵，她说：团长，我不想在文工团干了，天天唱歌跳舞，又不打仗，没意思。

老赵就上上下下地把盼妮看了一遍，然后慢悠悠地说：文工团也是工作啊。

可我不想干这份工作了，我要去前线，到战斗部队去！

老赵就笑了，他伸出手，似乎想拍拍盼妮的肩膀，觉得不妥，就把手缩了回去，但他还是做着盼妮的思想工作：问题是前线没有女兵啊！女兵的工作不是在医院就是在文工团。

我不信！我的枪打得很准，我就要上前线！

盼妮摆出一副和老赵软磨硬泡的架势。

老赵就说：盼妮同志，按说你的想法是好的，我应该支持。可你去不去前线，我说了不算。

盼妮似乎看到了希望，她睁大眼睛：那你说谁说了算？

老赵干脆地说：武师长，咱们师的事情都是武师长说了算。

也就是从那一刻起，盼妮就记住了武师长。

武师长盼妮是见过两次的，一次是新兵刚到部队时，武师长给他们讲了一次话。武师长在他的印象里有些黑，因为黑，人就显得孔武有力，他声音洪亮地冲着新兵们说：你们是怀着一腔热血来朝鲜保家卫国，作为新兵，你们要有不怕流血牺牲的精神，不要给我们这支英雄的部队抹黑。

盼妮到了部队之后，才了解了这个师。这个师有着光荣的传统，从延安到冀中，在抗日战争结束后，又开赴东北的最前线，一路南下，直至把蒋介石的部队赶到了台湾。此时，又挥师北上来到朝鲜，保家卫国。

盼妮第二次见到师长是在行军的路上。前面一支队伍的一辆卡车坏在了路上，许多部队都拥挤到了一起，不能前进，也不能后退。盼妮所在的连队是尖刀连急于赶路去执行任务，此时正走在队伍的最前面，他们执意要把坏掉的卡车推到山下去，另外一支部队坚决不同意。两支队伍就吵吵嚷嚷地争执起来。

这时的武师长骑着马赶到了，他的身后是通信员和作战参谋。武师长的到来让队伍暂时安静了下来，他打马上前，待问明情况后，挥起马鞭下了命令：把这辆车给我推下去。

受了师长指示的尖刀连，“嗷”的一声叫，就要去推车。另外一支队伍不干了，上前用身体护卫住卡车，一个连长模样的人坚决地说：不行，没有我们首长的命令，谁也不能动这辆车。

武师长火了，他跳下马，拔出腰间的枪，冲着那个连长的脑袋比画着：小子，你耽误了我们部队打穿插，你担当得起吗？

那个连长梗着脖子，认死理地说：我只听我们首长的，别人的话我谁也不听。

武师长手里的枪就响了。他是冲天上开了一枪，枪声一下子就把对方震住了。武师长大吼一声：谁不听命令，就地枪决！

说完，又冲自己的尖刀连说：还不快去推！

尖刀连的人一拥而上，扒拉开阻拦的人群，一用力，那辆卡车就被推下山涯。路通了，部队又可以继续前进了。

武师长打马向前奔去。

这样的场景把在场的所有人都看呆了，文工团凑上来是看热闹的。当盼春经过盼妮面前时，盼春挤眉弄眼地说：咱们师长真牛！

说完，还伸出大拇指在盼妮面前比画了一下。

那位连长眼瞅着卡车被推下山，带着哭腔喊着：土匪，你们师个个都是土匪，我要去军里告你们！

这次，武师长给盼妮留下了很深的印象。

团长老赵让盼妮去找师长理论，这并没有难倒她，她当即冲老赵说：去就去！

盼妮果然找到了武师长。部队正在一个朝鲜的小村子里休整，师部就设在一间民房里。

盼妮很容易就找到了师部。她在师部门前停住脚，冲里面喊：报告。

一位参谋走出来，看了看盼妮问：同志，你有事？

我要找师长。

师长正在工作，你有什么事跟我说吧。参谋和蔼地看着她。

不，我就要见师长，这事只有他能解决。

谁呀？两个人正说着，武师长披着一件衣服走出来。

参谋退到一边，盼妮上前一步：师长，是我找您。

武师长眯着眼睛看了她一眼，就把眼睛睁大了。

武师长嘴里“咦”了一声，端在手里的一杯水差点洒了出来。

半晌，师长说：是你找我？

武师长说话时的目光一直没有离开过盼妮。

盼妮毫不胆怯，脆生生地说：我是文工团团员杨盼妮，我要求参加战斗部队。

武师长忙把水杯递给身边的参谋，走上前来问：你叫盼妮？

盼妮立正答道：是，我叫杨盼妮。

武师长一下子显得手足无措起来，他上上下下又认认真真地把盼妮打量了一遍，这才说：快，你进来说。

武师长率先走进屋里，还拉了一张凳子让盼妮坐。盼妮不坐，站在那里，嘴里强调着：师长，我要去战斗部队。

武师长歪着头说：你是不是还有个弟弟叫盼春？

这回轮到盼妮愣了，半晌道：师长，你认识我弟弟？他叫杨盼春，现在在我们师的尖刀连。

武师长的手在抖，他张大嘴巴，怔怔地望着盼妮。

盼妮的样子颇有些不解。

武师长欲上前，走了一步，又停住了，抖着声音问：你说你要干吗？

盼妮挺胸答道：我要去战斗部队，不想在文工团干了，唱歌跳舞的没意思。

武师长听了她的话，吁了口气，喃喃着：太巧了，真是太巧了。

您说什么？盼妮越发糊涂了。

武师长挥挥手说：没什么。然后，望着她又说：你回去吧，有空我会去找你。

盼妮不明就里地说：师长，我的事你还没答复呢。

这时，参谋走了过来：同志，首长正在研究敌情。师长已经说了，有空他会去找你。

盼妮只能无奈地走了。走到门口，又回过头：师长，我还会来找你的。

武师长没说话，用一种奇怪的眼神目送着她远去。

直到盼妮走远，武师长才背着手，一遍遍地在屋里走来走去，嘴里一直叨咕着：孩子，我的孩子。

一旁的参谋不知发生了什么，望着武师长说：师长，你怎么了？

武师长抬起头，冲身旁的参谋说：小于，你给我查一查，现在尖刀连在什么位置？

参谋来到地图前，看一眼地图，指着上面的一个地方说：尖刀连在五公里外的大榕树村。

武师长一边系着衣扣，一边喊道：备马，我要去尖刀连。

警卫员很快牵来了师长的马，师长迫不及待地飞身跃了上去，身后紧跟着参谋和警卫员。三匹马箭一般直奔大榕树村而去。五公里的路程并不遥远，武师长却仍觉得马跑得很慢，他不停地用马鞭抽打着马，随在后面的参谋和警卫员不知发生了什么紧急情况，一路策马跟上。

当三人出现在大榕树村，远远地看见了站在村头的卫兵时，武师长的马一直跑到卫兵跟前，武师长才翻身下马，把马缰绳甩给身后的警卫员，冲卫兵道：你们连长在哪里？

在卫兵的带领下，武师长很快就来到了尖刀连的连部。在战时休整期间，师长带人到连队转一转，看一看，也是正常的事情。连长走出来，敬礼说：报告师长，尖刀连正在休整。

武师长走进连部。这是一间普通的民房，被临时征来做了连部。武师长坐在一张凳子上，冲连长说：你们连有个叫盼春的兵吗？

连长就说：您说的是三班的杨盼春吧？

武师长点点头：去把他给我叫来。

连长不知发生了什么，冲通信兵喊：马上到三班把杨盼春叫来，让他跑步到连部。

通信兵刚走，武师长就站了起来，在屋子里转来转去，样子显得很焦灼。

师长到了尖刀连，一见面就见一个叫杨盼春的战士，大家都不知道发生了什么事。参谋和警卫员一直站在院外，连长在屋里陪着师长，目光却一直随着师长的身体不停地转动着。

不一会儿，通信兵带着盼春气喘吁吁地来到了师部。盼春听说是师长叫他，有些紧张，又有些担心，不知道出了什么事。师长他是见过的，听师长在队伍前讲话的时候，他曾离师长很近，师长的声音洪亮而坚定。在全师所有人的心目中，师长是这个师的骄傲。盼春被分到这个师的时候，就了解了师长的传奇经历，师长不仅参加过红军反“围剿”战斗，还带着八路军的一个团直插敌后，在冀中滚雪球似的把队伍壮大了起来，最后发展成了独立师。解放战争爆发后，他的独立师又成了解放军的二十一师，挥师北上后，又以东北自治联军的名义收复失地，和国民党抢时间，接收投降的日本部队。之后，又参加了四保临江的战斗，围长春，战四平，及至徐州战役，直到把国民党打到了台湾。就这样，武师长的名字和他的部队一样变得著名起来。此时，这支著名的部队又来到了朝鲜，打响了保家卫国的战斗。

盼春和每一个刚入伍的新兵一起，到了部队不久，便了解了这支有着光辉战史的部队，同时也领略了武师长的风采。现在全师上下，都为自己能是这个师的一员而感到骄傲。

在盼春的心里，武师长既传奇又神秘，此时，他站在师长面前，内心既激动又紧张。

武师长站在盼春面前，好半晌没有说话，他一会儿瞪大眼睛，又一会儿把眼睛闭上，仔仔细细地打量着盼春。终于，他上前一步欲伸出手时，却又及时地收了回来。他似乎用颤抖的声音问：你就是盼春？

盼春立正回答：报告师长，我是尖刀连一排三班的杨盼春。

武师长就围着盼春转了一圈，又转了一圈，嘴里不停地说：好，好啊！

盼春不明白师长这是咋了，周围的人也看不明白师长的举动，他们都被眼前的师长搞糊涂了。

武师长停下来，把一只手有力地搭在了盼春的肩头。盼春的身子一颤，抬起头来，莫名其妙地望着师长。

好！

武师长赞叹道。接下来，就冲警卫员喊：牵马来，咱们回师部。

武师长骑上马，又深深地望一眼盼春，挥起马鞭，冲了出去。

师长走了，留下发愣的连长和盼春。盼春一直望着师长和他的马消失在村口。

连长抓抓头，喃喃自语着：师长这是咋了？

然后，他又把目光对准盼春问：你以前认识师长？

盼春摇摇头。

连长也奇怪地摇摇头。

武师长一直回到师部，心绪依然难以平静。警卫员给他倒了一缸子水，他接过去，一口气喝了，用手背抹一把嘴。他万没有想到，失踪多年的一对儿女竟然与他在朝鲜不期而遇。

一想到这两个孩子，武师长就一阵心酸。

这对双胞胎姐弟是在延安出生的，武师长的爱人王静是投奔延安的学生。在延安时，他和王静结婚后，很快就有了这一对双胞胎儿女。后来，他带着队伍响应中央深入敌后开辟根据地的号召，带着一个团到了冀中。可以想象，一个独立团深入敌后，就像一叶扁舟漂进了大海，风雨飘摇。敌人一次又一次的扫荡，让还没站稳脚跟的独立团吃尽了苦头，部队只好化整为零和敌人打起了游击战。

王静就是那个时候带着两个孩子和队伍分开的。当时，王静被安置在堡垒户的家里。随着根据地的不断扩大，分开的独立团渐渐又组织在一起，但困难还是很多。那时的形势是敌强我弱，独立团虽然聚集在了一起，但还是处于打游击的状态。

王静和孩子躲在老乡家里，为了不引起更多人的注意，当时的武团长很少和孩子们见面。偶尔队伍在村外路过时，武团长才摸到堡垒户家里，看上一眼熟睡的孩子，就又偷偷地走了。

直到有一次，日本人要去偷袭独立团的大本营，无意中却被堡垒户和王静看到了。那天，他们正在山上砍柴，鬼子在山沟里绕路前行，堡垒户李大哥一拍大腿说：坏了，鬼子这是要去袭击独立团。独立团此时正在离这儿十几里外的一个村子里休整，两天前，独立团刚刚在附近截获了鬼子的运粮车队，此番鬼子的偷袭也正是要把粮食再抢回去。

发现了鬼子，情形就万分危急了，王静当机立断道：大哥，我去独立团送信儿，我一个女人家不容易引起敌人的怀疑。

那我去把敌人引开，好让独立团转移。

两个人已经没有更多的时间了，说完就分头行动了。

李大哥站在山头唱起了梆子：说起那萧何和韩信，大风夜里人来急……

他的梆子刚开始的确引起了鬼子的警觉，他们停下来，听着这突然响起的声音，但很快，他们就搞清楚了，这不过是砍柴的汉子唱出的动静。鬼子们不再犹豫，继续向前开进。

李大哥为了吸引敌人，在山上一边跑一边唱，他还装疯卖傻地拦住鬼子的去路，冲鬼子嘻嘻笑着。很快，他就被鬼子的枪托砸倒在地，一个鬼子用枪刺对着他吼：死啦死啦地干活——

鬼子的皮靴毫不留情地从李大哥的身上踏了过去。

王静远远地看到了独立团的村庄时，也发现了身后尾随而来的鬼子。如果这样跑下去，鬼子几乎与她同时到达，她灵机一动，拼命喊了起来：鬼子来了，鬼子来了——

她希望自己的声音能让独立团的哨兵听见。

最初，王静的奔跑并没有引起鬼子的注意，是她的喊声吸引了鬼子。结果，鬼子的枪声响了，这也正是王静所希望的，只要敌人一开枪，独立团就会有所警觉。

鬼子的枪声响过三下以后，王静倒下了。

独立团听到枪声后，同时也发现了黑压压的鬼子，在敌人没有形成包围圈之前，一边阻击鬼子，一边突围。那一战独立团和鬼子纠缠了两个时辰后，终于突围成功。独立团损失了近一个营的兵力。如果没有王静的通风报信，独立团在敌人形成包围圈后，结果便可想而知了。

那一次，独立团撤到了外县，休整了好一阵子。

很久之后，武团长才知道王静牺牲的消息。接着他又得知，盼妮和盼春被地下组织送到了延安，他悬着的一颗心才稍稍安稳了一些。在他的意识里，他的两个孩子早已到了延安。

日本人投降后，延安的大部队分几路大军奔向了解放全中国的战场，那时他也寻找过两个孩子，却一直没有打听到孩子的下落。但他相信，组织会把他的一双儿女照顾成人。直到解放战争结束，他还没有来得及歇口气，朝鲜战争爆发了，他又去了朝鲜。但寻找儿女的心思却一直没有断过，他曾为寻找两个孩子给上级写过报告，那份报告也已被军区转交给留守处，由他们负责寻找着盼妮和盼春的下落。然而，不断传来的消息却让他心灰意冷，当年的延安保育院发来了函件，称从未接收这两个孩子。两个孩子仿佛从人间蒸发了，这么多年来，他什么结果都想到了，甚至做出了最坏的打算，但他怎么也没有料到，他会在朝鲜的战场上见到自己的一双儿女。那些日子，他睡梦中都能笑醒过来，惹得身边的警卫员迷迷糊糊地问：首长，咋的了，有情况？

他就拍拍警卫员的脑袋说：没情况，睡你的。

警卫员一歪脑袋就睡过去了。他却再也睡不着了，不停地冲着黑暗咧着嘴笑。在暗夜里，他想象着他当着两个孩子的面把谜底揭开时，那将是怎样一番动人的场面啊！可当太阳又一次升起时，他又清醒过来，否定了他的设想，他清楚现在还不是认亲的时候，等朝鲜战争胜利了，队伍凯旋而归时才是一家人团聚的时刻。可他仍忍不住在心里记挂着盼妮和盼春。想起两个孩子，他心里就生出许多歉疚。从孩子们生下来到现在，他还没有当过一天称职的父亲，在延安时孩子还小，还不会叫爸爸；抗日战争爆发后，他又带着独立团四处打游击，把王静和孩子撇到老乡家里。好不容易趁天黑摸到老乡家里，两个孩子早已睡下，他只能一遍遍地亲吻着孩子，王静想喊醒孩子，却被他阻止了，他笑着说：等把鬼子赶走了，我们爷仨儿有的是时间在一起呢。

离开王静时，他万没有想到这一别就失去了王静，也失去了孩子。现在，两个孩子就在他的部队，只要他想见，随时都能见到自己的孩子，可是他不能，他是一师之长，有好多事情还等着他去决策。身为师长的他，只能将儿女情长压在内心深处。

武师长又一次和盼妮见面是在一次战斗前夕。文工团员站在一面山坡的两株树下，一边唱着，一边跳着，鼓励着部队源源不断地向前线开去。

武师长骑着马走在队伍里，一眼就看到了盼妮。盼妮正唱着歌，当他的身影出现在盼妮的视线里时，盼妮不唱了，冲他走了过去。此时，他的眼里只有女儿盼妮了。他从马背上跳下来，把缰绳扔给身后的警卫员。

盼妮冲他敬了个礼：师长好！

他看着盼妮，在心里一遍遍地说：女儿，爸爸看你来了。

这时，他似乎听到盼妮在说：爸爸好！

他一惊，冲着盼妮说：你说什么？

盼妮就说：师长好！

他清醒了过来，他又是她的师长了，他公事公办地说：你们一定要注意敌人的飞机。

说完，还往天上指了指。

盼妮就说：师长，你什么时候让我去战斗部队呀？

他扬起眉毛，叉着腰说：杨盼妮同志，你现在的工作也是在战斗。

盼妮仍不依不饶地说：师长，你答应过我，可不能说话不算数。

他点点头：你的事我想着呢。等这次战役结束后，我会找你的。

文工团长老赵赶了过来，他气喘吁吁地说：师长，我们文工团在做战前演出，有啥指示？

他严肃地盯着赵团长说：一定要注意安全，别光顾着地面，还要看看头顶上的飞机。

师长放心，我们一定会注意安全。

他回过身，看着眼前源源不断的部队，又望一眼包括老赵在内的几个文工团员，冲他们笑了一下，打马扬鞭地追赶队伍去了。

这是朝鲜战场上，第三次战役中一场普通的战斗，他没想到，就是这场普通的战斗，竟成了他和盼春的永别。

战前，他登上了尖刀连的阵地。这是一场阻击战，对于身经百战的他来说，这场阻击战普通得不能再普通了。每次战斗打响前，他都要到阵地上看一看，只有这样，他作为指挥员才能心里有数。

他走上尖刀连的阵地还有一个目的，那就是看一眼盼春。经过几次战斗的洗礼，盼春已经是一名班长了，胸前挂着冲锋枪，头上戴着伪装帽，正趴在战壕里。

武师长一上阵地，尖刀连长就喊：一班长，按战斗序列保护首长的安全。

武师长每次上阵地，身后都跟着警卫员和作战参谋。他不喜欢别人对他兴师动众，从长征开始一直到现在，大小战斗他经历过无数次了，每一次的战斗，他都把它当成了一顿家常便饭那么简单。

当尖刀连长命令盼春带着一个班保护自己时，他反感地挥挥手：没那个必要。

他伸手从警卫员手里接过望远镜，向对方的阵地观望。因为站在战壕里，观察的角度受到了限制，他跳出战壕，站在了一块石头上。警卫员一看，急了：首长，你不能上去，那里危险。

他推开拉扯他的警卫员，盼春冲战士一挥手，几个人就把他围在了中间。

武师长生气了，冲盼春说：杨盼春，你怎么搞的，难道我这个师长是纸糊的，把你的战士给我撤下去。

盼春感到很为难，他是受连长的命令来保护首长的安全，可师长又让他把战士撤下去，他一时不知如何是好，脸红脖子粗地站在那里。

武师长干脆下了命令：听我的口令，向左转，跑步走。

战士们怔了一下，还是撤了下去。

武师长又从这块石头跳到了另外一块石头上。此时，师长的身边只剩下盼春和警卫员了。

盼春刚站稳脚跟，就发现了敌人阵地上探出来的一支狙击步枪，黑洞洞的枪口正朝这里瞄着。警卫员和盼春同时发现了险情，两个人几乎同时叫了一声：师长——

盼春一个箭步冲到师长面前，警卫员一把把师长拉倒了。

敌人的枪响了起来。

盼春伴着枪声倒下了。他倒下的时候仍大睁着眼睛，嘴里叫了声：师长——

武师长没有想到盼春会倒在自己的身边，他惊怔了一下，不顾警卫员的阻拦，抱住盼春，一边往后撤，一边大叫：卫生员，快！

卫生员奔了过来。那一枪不偏不倚击中了盼春的胸口，血水正汩汩地往外涌着。卫生员看了看盼春的眼睛，又摸摸脉搏，摇摇头说：师长，一班长牺牲了。

武师长大叫：把他抬下去，让野战医院尽力抢救，就说是我的命令。

应声而来的担架队把盼春抬了下去。

那次战斗结束后，武师长在野战医院里又见到了盼春。

盼春和许多烈士一样，身上蒙着白被单安详地躺在那里。

武师长和盼春告别时，让身边的人都退下去了。他坐在地上，把盼春的头放在自己的腿上，目不转睛地望着儿子盼春。许久，他喃喃着：盼春，我的孩子，爸爸来看你了。

盼春的眼睛睁着，似乎在和父亲做着最后的交流。

他说：儿子，你从小到大还没有叫过我一声爸呢。

说着，他的眼泪顺着鼻翼流动着。

他又说：儿子，你是好样的，你牺牲在了战场上。你是爸爸的种，爸爸为有你这样的儿子感到骄傲。

他把盼春的头紧紧地搂在怀里。

他还说：我的好儿子，我是你爸爸，你睁开眼睛看一眼爸爸吧。

盼春的眼睛就那么睁着，似乎在凝视着父亲。

警卫员从帐篷外走了进来：师长，政委催你去开总结会。

他没有说话，伸出手，在盼春的脸上抹了一把。盼春的眼睛终于闭上了。他小心地把盼春放到了地上。

他站在那里，慢慢地举起了右手，向盼春和所有躺在那里的烈士敬了一个军礼，然后，缓步走了出去。

噩　耗

盼春的烈士证书是民政局的同志送到杨铁汉和彩凤手上的。

杨铁汉怔怔地望着民政局的人，半天没有反应过来，他反复地问着：你们说啥？盼春他咋了？

民政局的人心情沉重地说：杨盼春同志在朝鲜牺牲了。

他捧着烈士证书，慢慢地蹲下身子，证书上的字却一个也看不进去。

民政局的人经常和烈士家属打交道，他们显得很有经验，说了一些安慰的话，也说了一些赞扬盼春的话，然后就走了。他们还要给别的家属送去烈士证书，他们一步两回头，心情沉重地告别了。

杨铁汉蹲在地上，彩凤站在他的身后，两个人很久都没有说一句话，像两尊泥塑。

半晌，彩凤也蹲下来，看着他手里那张证书，喃喃道：盼春回不来了。

他突然用那张烈士证书捂住自己的脸，压抑地哭了起来，一边哭，一边说：彩凤，咱们又少了一个孩子啊。孩子没了，有一天组织要是来找孩子，我可咋交代呀——

他撕心裂肺地哭着，泪水打湿了那张烈士证书。

彩凤也哭了。哭过的她走回到屋里，拿出盼春的照片摆在桌子上。

她又扯了黑布把盼春的照片围上后，就呆呆地望着遗像中的盼春。往事如烟一般在眼前掠过，她还记得几个孩子刚到杂货铺时的情景——几个孩子躲在杨铁汉的身后，怯生生地打量着这里的一切。她更没有忘记盼春第一次喊她“妈”时的神态。

彩凤望着盼春的遗像，泪水又不可遏止地流了下来，她冲着盼春说：孩子，你咋没叫声妈就走了呢？你说过，你和盼妮会回来的，可你回不来了。以后，妈天天在门口等你……

杨铁汉站在杂货铺的门前，突然就觉得自己老了。自从失去组织，他最大的念想就是照顾好组织交给他的这几个孩子。只要孩子们在他身边，他就觉得自己离组织并不遥远。现在，盼春牺牲了，他没完成组织交给他的任务，这是他的失职。他身体里的力量似乎一下子被什么东西抽空了，身子软绵绵地靠在那里，寻找组织的心情又一次迫切地涌上他的心头。他要把盼妮和军军交给组织，只有把两个孩子交给组织，他的任务才算完成。

傍晚，抗生和军军回来了，他们已经是高中生了，还没进门就喊了起来：爸，妈——

杨铁汉和彩凤没有像往常那样张罗着迎出去，他们看着盼春的遗像，泪眼婆娑。

看到了摆在桌上的盼春的遗像，两个高中生自然明白了什么，他们呆怔片刻，喊道：爸，妈，我哥咋了？

烈士证书从杨铁汉的手里滑落下来，军军拾起那张烈士证书，看一眼就递给了抗生。两个孩子呆愣片刻，几乎同时扑向了盼春的遗像：哥——

军军一边流泪，一边泣不成声地说：哥，你答应我们你会回来的。

抗生也哭了，他把遗像抱在胸前：哥，你咋了，你说过要把我和军军接到部队上去，我们天天等着你，你咋就……

那天晚上，一家人望着盼春的遗像，呆呆地坐着，一副地老天荒的样子。

第二天一早，杨铁汉让彩凤把自己的新衣服找了出来。他把自己穿戴整齐后，又在镜子前看了几遍，这时，他就看见了自己头上的白发，他冲彩凤喊道：你来，帮我把白头发拔一下。

他把头低下去，彩凤伸出手，半晌，却没有动手的意思。

他抬起头：咋的了，你咋不拔了？

彩凤的眼泪一下子流了下来，她哽咽着：孩子他爸，你的头发都白了。

他悠长地叹口气，对着镜子又把自己看了一遍。从离开县大队到城里搞地下工作，一晃二十来年过去了，那时他还是个响当当的硬小伙。如今，只一夜的工夫，他的白发就爬满了头。

彩凤看着他，奇怪地问：孩子他爸，你这是去干啥呀？

他抻抻衣角说：我要去县委，去找组织。不能再等了，盼春已经不在了，我要把这几个孩子交给组织。

彩凤目送着杨铁汉消失在门前的街口。在她的印象里，杨铁汉这是第一次没有扛着磨刀的家什离开家。

杨铁汉轻车熟路地来到县委大门口，他对这里太熟悉了。以前，每一天他都会在这里路过，或者放下磨刀的家什，在这里坐一坐。望着从县委大院里进进出出的人，他高一声、低一声地喊：磨剪子嘞，戗菜刀——

他用自己的吆喝声吸引着人们的注意，他总觉得进出县委的人中总会有当年的地下工作者，说不定哪一天，就会有组织的人走过来和他接头。刚开始，听到他吆喝，进出县委的人们会不时地看上他一眼，他的精神就会为之一振，挺胸收腹，神情紧张地等待着。然而，却并没有人走过来，渐渐地，他的吆喝声再也挽留不住过往匆匆的脚步。

一次，一个年轻人径直走到他身边，用温和的语气说：同志，这里没有磨刀的。你别在这儿喊了，你的喊声已经影响领导办公了。

年轻人从县委出来向他走近时，他的一颗心都快提到嗓子眼了。他站起来，激动地等待着。没想到，人家是在撵他走。他冲年轻人失望地点点头，从那以后，他只是默默地坐在那里，望着进出县委大院的人们。

一天，一个扎着白围裙，身材胖胖的厨子从县委大院里走了出来。看着厨子，他似乎觉得在哪里见过，可就是想不起来。胖厨子笑眯眯地看着他：老哥，是你呀！这么多年不见了，你现在还磨刀啊？咋又磨到县委门口了？

他怔怔地看着胖厨子，越发觉得眼熟了。胖厨子就说：老哥，你忘了，以前你给我磨过刀，那时候我也是厨子，也在这个院里。

他"呼啦"一下子就想起来了，日本人在时这个院是伪军的团部，胖厨子隔三岔五就拎了菜刀到他这里磨刀。此时，故人相见，就别有一番滋味在心头了。

他仔细地打量着眼前的胖厨子，思绪又回到了以前的地下生活。他半晌才说：兄弟，你现在还在这儿？

胖厨子就笑笑：以前我给伪军做饭，日本人投降后，我又给国民党做饭。现在，是共产党的天下了，我就给县委的同志做饭。我这人做了一辈子饭了，不让我做饭，我还不习惯哩。

他接过胖厨子手里的刀，看着胖厨子，就有了沧海桑田的感觉。他望着胖厨子喃喃着：兄弟，你也老了啊！

胖厨子蹲下身，一边卷烟，一边说：都经历这么多事了，这都多少年了，能不老吗？

当他把磨好的刀递给胖厨子时，胖厨子接过刀，从兜里掏出几张毛票递给他，然后，一歪一歪地向县委大院走去。

他望着胖厨子的背影，一直走进县委大院，心里就有了一种异样的感觉。他恍然觉得，走进县委大院里的人应该就是他自己。

此时，他穿着簇新的衣服出现在县委大院门口。他停下脚步，抻了抻衣服，继续往前走去。门卫及时地拦住了他：同志，你不是那个磨刀师傅吗？你有什么事？

他望着门卫，声音洪亮地说：我要找县委，找书记说话。

门卫上上下下地把他打量了，依然公事公办地说：县委是办公的地方，这里不磨刀。

他一脸严肃地盯着门卫：我不是来磨刀的，我找书记有大事汇报。

门卫又把他仔细地打量了一遍，说一声：你等一会儿。

门卫拿起电话说着什么。很快，一个年轻人从楼里走了出来，门卫介绍道：这是县委的朱秘书，有事你冲他说吧。

他见过这个朱秘书，就是那个撵他走的年轻人。朱秘书自然也认出了他，朱秘书见到他就笑了：师傅，今天不磨刀了，你找书记有什么事？

他望着眼前的朱秘书有些激动，当年他的下线小邓差不多就是朱秘书这个年纪。他是亲眼看着小邓被敌人五花大绑押送到了刑场。看着眼前的朱秘书，恍如见到了小邓，他一把捉住朱秘书的手，哽着声音说：同志，我要见书记，我有大事要向书记汇报。

朱秘书还是那副表情，不急不躁地说：书记很忙，有什么事你就和我说吧。

他望着朱秘书感慨不已，自己搞地下工作时朱秘书也就是个孩子，他摇着头说：这事跟你说不清，要是书记忙，那我就在这里等。他什么时候忙完工作，我再见他。

朱秘书拍拍他的肩头，说了句：好吧，我跟书记汇报一下。

朱秘书走了。不一会儿，朱秘书又回来了，冲他说：你跟我来吧。

他随着朱秘书上了楼。推开一间办公室的门，朱秘书冲他说：这是县委的秦书记，有什么事你和书记谈吧。

他站在县委书记面前，内心一阵翻腾，眼前就是自己日思夜想的组织，他的喉头牵动着，嘴角颤抖，有许多话要对组织说，千言万语却又无从说起。他面色潮红，情绪激动地站在秦书记面前。

秦书记陌生地打量着他，温和地说：同志，你有什么事？

他艰难地说：我要寻找组织。

秦书记就把手里的笔放下了，翻阅的文件也放下了，一脸不解地看着他：组织？什么组织？

他横下一条心，一副豁出去的样子：报告秦书记，我是地下交通员，我的上级是老葛，下线是小邓，他们都牺牲了，我和组织失去了联系。现在，我要寻找组织。

秦书记的表情越发显得有些吃惊。

我是解放前的地下交通员，我的上线和下线都牺牲了，我一直在等着组织和我联系，可没有人来和我联系。

他喋喋不休地重复着，眼泪不知何时流了下来。

秦书记站了起来，认真、严肃地听他说完后，拍着他的肩膀说：同志，你别着急，慢慢说。

说完，秦书记拉了一张椅子让他坐下，又让朱秘书给他倒了杯水，鼓励他继续说下去。

他点点头，从县大队说到省委的特工科，又从老葛和小邓说到那三个孩子，还有那封没有来得及送出去的信。

他说的时候，秦书记一直认真地听着。他一口气说完了，仿佛终于卸下了身上背了多年的包袱。

秦书记一边听，一边做着记录，并不时地在一些细节上仔细核对着。他说完了，秦书记这才抬起头来问：你现在还有证明人来证明你吗？

他摇摇头。这时他又想起了县大队的肖大队长和刘政委，还有魏大河和特工科的李科长，但他们也都相继牺牲了。

秦书记就冲朱秘书说：你把组织部张部长叫来。

朱秘书应声而去。

很快，朱秘书和张部长就来了。秦书记向张部长介绍道：这位同志说，他是解放前的地下交通员，这里的情况你比较熟悉。

张部长听了秦书记的介绍，开始仔细地打量起他。

秦书记又说：杨铁汉同志，张部长曾经是这里的情报站长，他也是做地下工作的。

他“腾”地站了起来，望着眼前这位不曾谋面的情报站长，终于明白，自己以前的工作就是在张部长的领导下展开的。他猛一激灵，一下子想起了接头暗号，他盯着张部长说：有白果吗？

张部长怔了一下，一脸茫然地看着他。

他又问了一句：有白果吗？老家的人病了，急需白果。

张部长似乎在记忆里搜寻着，终于，他好像想起了什么，伸出手握着他说：同志，你这接头暗号早就不用了。日本人投降前，县里的地下组织遭到破坏，为安全起见，重新制定了接头暗号，联络地点也变了。

他听了张部长的话，似乎见到了亲人，这么多年的期盼和等待在这一瞬间爆发了。杨铁汉突然一把抱住张部长，痛哭失声道：没人通知我啊！我天天等，夜夜盼，可一直没人和我联系，我都等了你们十多年了呀……

暗号终于对上了，杨铁汉又找到了组织。他做的第一件事，就是把十几年前组织交给他的那封没有送出去的信，从布衣巷的地砖下取出来。

信封已经失去原有的颜色，轻飘飘的信封拿在他的手上，犹如千斤重。他紧紧攥着信封来到县委，在把信封郑重地交给张部长的那一刻，他心里的一块石头仿佛落了地。他抱着这块沉甸甸的石头已经很久了，突然落下的石头，一下子让他轻松下来。

张部长接过牛皮信封，端详了很久，才拿过一把剪刀，小心地剪开了信封。张部长把信封里的一张纸抽了出来，他看见纸上盖了枚已经发暗的印章。张部长低头看着，他看了一遍，又看了一遍。

杨铁汉站在一边紧张地等待着，这就是他苦苦等了十几年、却没有送出去的信。他不知道那是怎样的一封信，但他清楚，组织的机密永远是最重要的。

张部长终于抬起头来：你从来没有看过这封信？

他摇摇头：这是老葛让我转交给下线小邓的。我刚拿到信，他们就被捕了，我就一直把它藏在地下，已经有十几年了。

张部长一副不可思议的样子，他把那封盖有印章的纸片轻轻推到他面前：看看吧。

他拿过那张薄薄的纸片，看了一遍，又看了一遍，他的手开始发抖了。信的内容很简单，这是一份入党证明，证明的不是别人，正是他杨铁汉自己。那上面写着：经冀中地下省委组织部研究决定，特批准白果树（杨铁汉）同志为中共地下党员。落款是地下省委的全称。

短短的几行字，杨铁汉一连看了好几遍，他看完信便跌坐在椅子上，手里的那张纸一飘一飘地落在了地上。

这封转交地下县委备案的信竟在他手上停留了十几年。他把这封信作为绝对的机密封存了十几年，没想到，这封组织的机密竟是关于他自己的。

他弯下腰，把那封信捡了起来。看着上面的几行字，他的泪水又一次流了下来，他喃喃着：你咋才来呀？

张部长激动地从座位上站起来，走到杨铁汉面前，紧紧地握住了他的手：白果树同志，让你受苦了。

久违而亲切的称谓，让他终于感受到了组织的温暖，他在张部长面前控制不住地哭哭笑笑着。

张部长摇着他的手说：白果树，不，杨铁汉同志，你的地下工作已经结束了。你的情况我立即向秦书记汇报，请你等待组织的安置。

他终于找到组织了，他的任务也终于完成了，这是他心里最急迫的事，至于对自己的安置他并不关心。他不知道自己是如何离开县委的，只模糊记得刚一走出县委大门，他就飞跑起来。他一边跑，一边呼喊着彩凤的名字。

他跑到杂货铺门口，彩凤惊诧地迎了出来。他一把抱住彩凤，扯着她原地转了几个圈。彩凤对他这种张狂的举动显然很不适应，她在他的怀里一边挣扎着，一边着急地说：你咋了，这是咋了？

他气喘吁吁地松开彩凤：彩凤，我找到了，我终于找到了。

彩凤惊怔地看着他：你找到什么了？

我接上头了，我找到组织了。

彩凤望着他，突然，眼泪就流了下来。在杨铁汉苦苦等待的十几年里，尽管他从没有对她说过自己的真实身份，但她依然无怨无悔地陪着他历尽风雨和磨难。这时的彩凤就想到了盼妮和盼春，眼泪便不可遏止地奔涌而出。她默默地转过身，走进屋子里，桌子显眼的位置摆放着盼春的照片，盼春正端着玩具枪，笑嘻嘻地看着前方。旁边的盼和坐在小木马上，一脸天真地看着哥哥。这是盼和出事前几天照过的唯一一张照片。

彩凤望着一大一小两个孩子，泪眼婆娑地双手合十，嘴里喃喃地说：孩子，你们的爸终于找到组织了。妈要告诉你们，你们的爸是地下党员。孩子，妈的话你们听到了吗？

杨铁汉站在彩凤身后，目光越过她的头顶，望向照片上的孩子们，眼睛又一次湿润了。

几天以后，朱秘书找到杨铁汉，又一次把他请到了县委。张部长对他的工作进行了新的安置，具体工作是分管烈士的善后事宜。当时许多的地方政府都设立了一个临时性机构，叫烈士安置办公室，有点类似于现在的民政局。

从此，他告别了磨刀匠的身份，每天进出于县委大院，落实那些有名没名的烈士的善后工作。

不久以后，城南的一座烈士陵园建成了，有名无名的烈士墓都被迁到这里。这里不但躺着肖大队长和刘政委，还有魏大河和县大队的那些战友们。当然，老葛和小邓也在这里安息，杨铁汉还是在整理烈士的资料时，才知道老葛并不姓葛，而是姓何，叫何全壮。小邓也不姓邓，叫刘长顺。

一座座烈士的墓碑，像一排排整齐的方阵，黑压压、密麻麻地矗立在烈士陵园。杨铁汉站在这里，仿佛又回到了县大队——他正走在县大队出征的队伍里，和熟悉的战友们，迎着枪炮声和连天扯地的喊杀声。一切恍如梦中。

那以后，他会经常来到烈士陵园，小心地擦拭着墓碑上熟悉的名字，然后，这里坐一坐，那里看一看，嘴里絮絮叨叨地说着。每到这里，他似乎就又回到了从前，他用力地擦一把眼睛，仿佛又看到了自己年轻时的影子——他冲啊杀啊的，奔跑在硝烟中。

朝　　鲜

盼妮得知盼春牺牲的消息，是在那一场战役之后。

盼春和他的战友被掩埋在一座山坡上。盼妮捧着一束金达莱站在盼春的坟前，此时，她的眼里已经没有了眼泪。她轻轻地叫一声：盼春，姐来看你了。

风吹过来，草地浪一般地一涌一涌的，像盼妮起伏不定的心情。

在盼妮的记忆里，革命者的牺牲已经太多太多。母亲牺牲时她不在身边，但她知道母亲是为了引开鬼子，才再也没有回来。盼和弟弟是在一家人的面前被国民党投到了井里，她的耳边至今还忘不掉盼和凄厉的哭叫。她和盼春报名参军的目的最初很单纯，就是要保家卫国。没想到的是，盼春却牺牲在了朝鲜，她的身边又多了一名烈士。

盼妮出现在盼春的坟前时，武师长骑着马，带着警卫员也赶到了。

盼妮回过头去，就看见了武师长。

她叫了一声：师长，我要去战斗部队，替我弟弟盼春报仇。

武师长看着眼前的盼妮，有种想把她抱在怀里的冲动，她长得太像她的母亲了。在朝鲜，他意外地见到了离别多年的一双儿女，这是他做梦也没有想到的。然而，命运却和他开了一个玩笑，儿子盼春竟为了掩护他而牺牲在他的面前。盼春做梦也想不到，他就在自己的亲生父亲身边倒下了年轻的身体。

盼春的牺牲震撼了武师长，他不想再错过盼妮了。他要认自己的女儿，这么多年，他欠女儿的太多了。他找到了刚从战场上撤下来的文工团，才知道盼妮去了盼春的坟地。他和警卫员一路赶到这里。

他望着盼妮，眼里已经含了泪，他含糊着叫了一声：孩子——

盼妮听他这么叫时，怔了一下。在盼妮的心里，师长是威严的，同时又是可敬的。

孩子，你还记得你的母亲吗？

盼妮不明白师长的用意，在她的档案里，母亲那一栏写着的是李彩凤的名字。

她不解地看着师长：师长，你认识我母亲？我母亲叫李彩凤，我父亲叫杨铁汉。

那你还记得王静这个人吗？武师长的目光紧紧地盯着盼妮。

盼妮怔了一下，用一种奇怪地眼神看着师长。她没有想到师长竟能说出自己亲生母亲的名字。母亲牺牲时她已经懂事了，她当然记得母亲的名字。

她望了师长半晌才说：师长，你怎么知道我亲生母亲叫王静？

武师长再也控制不住自己的情感了，他喊道：孩子，我就是你的亲生父亲。

说完，一把抱住了盼妮。

盼妮被眼前的变故弄蒙了，她从师长的怀里仰起头，很近地望着师长。她和盼春对亲生父亲几乎是没有记忆的，母亲也很少在他们面前提起亲生父亲。尽管他们知道自己的亲生父亲是一名军人，但在他们的意识里，亲生父亲早就牺牲了，是组织辗转着把他们送到了杨铁汉的身边，也是杨铁汉和彩凤让他们又有了一个家。她从感情上早就把杨铁汉和彩凤当成了自己的父母。

武师长松开盼妮时，盼妮仍然没有从惊怔中清醒过来，她疑惑地望着师长：师长，你说什么？

孩子，我是你的爸爸啊！

爸爸？盼妮犹疑着叫了一声。

接下来，武师长就把自己一直寻找她和盼春的事讲了一遍。盼妮在师长的讲述中，内心深处沉睡已久的记忆一下子就被唤醒了。她望着眼前的父亲，终于软软地叫出一声：爸——

武师长应了一声，父女二人就紧紧地拥抱在一起。两个人热泪长流，恍如梦中。

久久，盼妮站在盼春的坟前，突然嘶声喊道：盼春，你睁开眼看一看，咱爸还活着，我终于找到爸爸了……

盼妮再也说不下去了，武师长也早已是泪水纵横：盼春啊，你是个好战士，你用自己的身体为爸挡住了子弹。爸知道，敌人狙击手的子弹是射向我的……

盼妮突然回过头，打断了武师长的自言自语：爸，我要去前线替盼春报仇。你答应过我的。

武师长许久没有说话，他的目光从盼妮的脸上移开，望着很远的地方：孩子，咱们的部队马上要调到国内休整了，等下一次入朝鲜吧。爸一定满足你的愿望。

朝鲜战场上的第四次战役已经结束了，武师长还不知道，大规模战役都已经过去了。此时，又有一批部队源源不断地开进了朝鲜战场，没多久，盼妮和部队一起撤到了鸭绿江边的国内。

当年，盼妮和盼春一起从这里出发去了朝鲜，时隔两年，却已物是人非。两年后，她回来了，盼春却永远地留在了朝鲜。

相　见

杨铁汉和彩凤又一次收到了盼妮的来信。盼妮的这封信发自国内一个叫丹东的地方。杨铁汉和彩凤，还有许多的中国人，对丹东那个地方已经很熟悉了。在抗美援朝期间，所有人的目光都被鸭绿江边那座城市吸引了。

盼妮的信在通报平安的同时，也提到了盼春，她在信里是这么说的：爸、妈，我们部队回到国内休整了，我一切都好，仍在文工团工作。盼春牺牲的消息想必你们也都知道了，他和所有的烈士一样，为保家卫国牺牲在了朝鲜。爸、妈，你们不要太难过，盼春是我们一家人的骄傲。如果有一天，我们的部队再一次开赴朝鲜战场，我一定像盼春一样去战斗，为我们和平的家园流尽最后一滴血。爸、妈，我想你们，抗生和军军还好吧？他们也该高中毕业了吧……

看着盼妮的信，杨铁汉和彩凤就同时想到了盼春。望着盼春的遗像，两个人的心里就又难过起来。杨铁汉伸出手，轻轻地抚摩着遗像中的盼春：孩子，要是你亲爸亲妈还活着，我咋跟他们交代呀？你是我亲手送出去的，可你……

说到这儿，他已是潸然泪下。彩凤也在一旁抹着眼泪，她喃喃地说：孩子他爸，我想盼妮呀！

杨铁汉长长地叹了口气，又把目光投向照片上的盼春：盼妮、盼春都是咱的孩子，咋能不想啊？

彩凤每天依然拿着块抹布这里擦擦，那里抹抹，每当她擦到盼春和盼和的遗像时，她的手总是要绕开，眼睛也低下了，心里一抽一抽地，总要疼上一阵子。然后，她心虚气短地捂着胸，坐在凳子上掉起了眼泪。

杨铁汉看到彩凤的样子，就小心地说：又想两个孩子了？

彩凤不说话，独自伤心着。

杨铁汉又说：这两个孩子是没了，可咱还有盼妮、抗生和军军呢。

彩凤听了，“哇”的一声哭开了，她抬起一张泪脸说：孩子他爸，咱们这么多孩子，可就是没有一个是你亲生的。

杨铁汉怔了怔，眼圈红了，他看着两个孩子的遗像，半晌才说：他们都是我亲生的，把他们养大是我的责任，也是组织交给我的任务。

从收养这些孩子开始，他就知道，有一天组织总要把这些孩子们带走。这些孩子本来就是组织的，刚开始，他只是为了完成任务，随着时间的推移，他与孩子之间产生了不可分割的深厚感情。尽管他舍不得与孩子分开，但他很清楚，这些孩子总有一天会离开他。

一晃，抗美援朝就结束了。部队源源不断地撤回到了国内。

那些日子里，许多参战的士兵都回来探亲了，杨铁汉也守在自家门前，不停地向远处眺望。彩凤也站在一边，嘴里念叨着：盼妮也该回来了。老许家的大林都回来了，他们可是一起走的啊！

杨铁汉就劝她：不急，孩子迟早要回来的。盼妮不是在信上说部队已经回到丹东了吗？

两个人嘴上相互安慰着，可他们心里还是急得不行，无论在屋里正忙着什么，只要外面一有动静，就会放下手里的东西，出门望上一眼。

这天，一辆吉普车由远及近地驶了过来，“嘎”的一声，停在了杂货铺的门前。

杨铁汉从窗子里往外看了一眼，就看见盼妮从车上走了下来，身后还跟着一位首长模样的人。他大叫一声：孩子他妈，咱家盼妮回来了。

说完，就冲了出去，彩凤也张着两只手跑了出来。

盼妮穿着军装，人似乎一下子成熟了许多。她望着眼前熟悉的一切，看着冲出来的两个人，颤着声音喊道：爸，妈——

两个人望着盼妮，一时不知说什么好，还是彩凤冲过去，一把抱住了盼妮：孩子，我的孩子，可把你给盼回来了。

盼妮拥住彩凤，热热地喊了声：妈——

杨铁汉背过身去，悄悄地揩掉眼角的泪水，当他回转过身子的时候，就真切地看到了站在他身边的武师长。

武师长仔细地打量着他，他陌生地看着武师长，嗫嚅着：你是？

武师长抬起手向他敬了个军礼，然后就伸出了手。杨铁汉怔了一下，也把手伸了出去。两个男人的手有力地握在了一起。

你是杨铁汉同志吧？我叫武达，当年在冀中八路军的独立团工作过。

杨铁汉看着武师长，记忆的闸门一下子就打开了，他想起来了，眼前的武师长他是见过的。日本人投降的时候，独立团在城里驻扎过，他为了寻找组织去找过县大队，但那时的县大队已经和独立团合并了。当时接待他的首长就是眼前的武师长。在县大队时他就听说过独立团和武达的名字，可惜的是，他却从没有机会见到大名鼎鼎的武达。今天，当他意外地见到武达时，他下意识地举起手，向武师长郑重地敬了一个军礼：首长，我总算见到你了。

此时的他有了一种见到久别亲人般的感动，他拉着武师长的手，冲彩凤和盼妮说：还愣着干啥？还不请首长进屋。

四个人拉扯着进到屋里。

杨铁汉和彩凤张罗着让座倒茶，杨铁汉做梦也没想到当年的独立团团长武达会找到自己家里。

武师长打量着屋子里的一切，最后，他的目光就定格在盼春和盼和的遗像上。他走过去，伸出手抚摩了盼春的遗像，又把盼和的遗像拿在手里，仔细地端详着。武师长的眼泪慢慢流了下来。

武师长的嘴抖动着，终于，他颤抖着手把遗像放了回去。

杨铁汉望着武师长介绍道：这是我的两个儿子，老大牺牲在了朝鲜。

武师长看着照片里的盼和说：当年你们为了掩护盼妮和盼春，眼睁睁地看着自己的亲生儿子被敌人扔到井里。

杨铁汉怔住了，抖着嘴唇半晌才说：首长，你咋知道？

武师长转过头来，看了一眼盼妮：这都是盼妮告诉我的。

说着，武师长又抓住了杨铁汉的手：杨铁汉同志，我感谢你把这些孩子养大成人，你是个了不起的父亲。

接着，武师长又走到彩凤面前：彩凤同志，你也是一位了不起的母亲。我在这里替孩子们给你们鞠一躬。

说完，武师长在杨铁汉和彩凤面前深深地鞠了一躬。

杨铁汉和彩凤就怔在那里。

盼妮走过来，湿着声音叫了声：爸、妈，武师长是我带来的，部队刚回到冀中，师长就一定要来看看你们。

武师长又一次握住了杨铁汉的手：铁汉同志，我找你们找得好苦啊！从日本人投降就一直在寻找你们。

杨铁汉也激动地说：我也在找组织，我天天等，夜夜盼。

武师长握着杨铁汉的手用了一些力气：铁汉同志，我是盼妮和盼春的亲生父亲。

杨铁汉惊得张大了嘴巴，彩凤也惊愕地看着武师长。

当年地下组织要把孩子送到延安去，我也一直以为孩子们到了延安。没想到，这么多年一直是你们带着孩子。铁汉同志，真是太为难你了。

杨铁汉一时有些迷糊，他做梦也想不到，盼妮和盼春是武师长的孩子。地下组织把孩子交到他手上时，并没有介绍更多的情况，特殊时期的一切都是保密的。他只负责把孩子最终送出去，阴差阳错的是孩子送到他这里，就再也没有被送出去。

他望着武师长半晌说不出话来，很久才悲伤地说：首长，我没有完成组织交给我的任务，盼春他……

武师长不等他说完，就一把抱住了他：铁汉，盼春是在我的眼皮底下牺牲的，是我没有保护好孩子，责任在我啊——

那天，武师长和杨铁汉一直在喝酒。他们从县大队聊到独立团，从日本人投降又说到解放战争，再说到保家卫国的朝鲜战争，最后就又说到了孩子。

武师长举着酒杯，两眼含泪地说：铁汉同志，虽然我生了盼妮和盼春，可我没有带过他们一天，是你给了他们第二次生命，孩子是你的。把孩子放在你这里，我放心。

杨铁汉显然喝多了，他摇晃着站了起来：首长，我的任务完成了，今天就把孩子交给你。可惜没了盼春，我没有完成好组织交给我的任务，要怪你就怪我吧。

杨铁汉一边说，一边捶胸顿足。

武师长一口气喝光了杯中的酒，也流泪了。他按住杨铁汉用力捶打的双手，真诚地说：铁汉、彩凤，以后咱们就是一家人了。你们辛辛苦苦把孩子养大成人，我咋能说带走就带走呢？孩子还是你们的。你们一家人太不容易了，我不能做摘桃子的事。

两个人哭哭笑笑地说着。

彩凤和盼妮也一会儿喜，一会儿悲的。

就在这时，抗生和军军推门进来了。两个孩子已经长成了大小伙子，他们被眼前的情景怔住了。

还是盼妮反应过来，走过去，拉住弟弟的手上下打量着：抗生、军军，你们长高了，姐都不敢认你们了。

两个人热热地喊了一声：姐——

接下来，姐弟三人就放声痛哭起来，既为盼春的离去，也为一家人久别后的重逢。

等一切平静下来，抗生和军军分别从书包里拿出毕业证书，递到杨铁汉和彩凤面前：爸、妈，我们毕业了。

武师长感慨地望着抗生和军军，走过来，摸摸这个，又拍拍那个，感叹道：你们都是革命者的孩子，将来要继承父辈的遗愿啊。高中毕业了？好啊，跟我去当兵吧，为了你们，也为了你们的父母。

抗生和军军听了，两眼放光地望着武师长。

送子参军

抗生和军军做梦都想参军。自从盼妮和盼春去了朝鲜，两个孩子的魂儿也像是被带走了。每次收到盼妮和盼春的信时，两个人都万分激动。他们躲在小树林里，一遍遍地看着信，他们在信中感受到了朝鲜战场上的战火与硝烟。抗生甚至把信封拿到鼻子下闻着，果然，他嗅到了火药的味道，他兴奋地冲军军喊：你闻闻，我可都闻到战火的味道了。

军军也把信拿到鼻子下使劲闻着：抗生，我一闻到这味儿浑身就哆嗦。

你那是激动的。抗生挤眉弄眼地看着军军。

军军一边读信，一边说：盼春哥说，他们在金刚山又打了一次胜仗，歼灭美李部队几千人呢。

抗生躺在草地上，抱着头，一脸向往地说：要是咱们现在高中毕业了，也去朝鲜多好啊。

军军点点头：保家卫国，我们也该有份儿。

当时的学校里，支援抗美援朝的热情一浪高过一浪。抗生和军军自然也投身到热潮中，他们写慰问信，把自己省下来的零用钱也捐了出去。在这期间，学校曾有几个孩子，偷偷地扒火车去了东北，还没有到鸭绿江边就被发现，送回了学校。那几个学生受到了老师的批评，却得到了大批学生的拥戴。他们像对待从前线凯旋的英雄似的，被簇拥在中间。有人问：你们看到鸭绿江了吗？听到鸭绿江边的炮声了吗？

那几个孩子就满嘴跑着火车，胡说着。

众人一脸羡慕的样子。

在偷上前线的几个学生中，原本也有抗生和军军，可就在两人扒火车时被杨铁汉发现，从车站抓了回来。行动没有得逞，成了两个人心里最大的遗憾。无奈的两个孩子只有等待着，等待高中毕业后，就可以天高任鸟飞了。现在，他们终于等来了这一天，让他们感到可惜的是，抗美援朝战争已经结束了。当抗生和军军听到武师长的召唤，他们的理想又一次被点燃了。

武师长走后，杨铁汉和两个孩子有了如下对话：

你们真的想去当兵？

两个孩子异口同声地回答：爸，我们做梦都想当兵。

看着面前的两个孩子，杨铁汉心里一热，似乎又看到了自己和魏大河年轻时的影子。他伸出手，把抗生和军军拉到自己身边，半晌才说：参军就意味着打仗，战争就意味着牺牲，懂吗，孩子？

抗生坚定地说：爸，我不怕。

军军也说：我们是军人的后代，当兵是我们的责任。

孩子的话让杨铁汉的眼睛顿时模糊了。

在抗生和军军参军前，杨铁汉领着他们来到了城南的烈士陵园。陵园里安静肃穆，只有风吹过树叶的哗哗声。杨铁汉很容易地找到了魏大河的墓碑，他回望着跟在身后的抗生，威严地说：跪下。

抗生就跪在了魏大河的墓前。

杨铁汉走到大河的墓前，拍着那块石碑：大河啊，咱们的儿子大了，他就要参军去了。你托付给我的任务，我算是完成了。

说着，他从兜里取出那枚子弹壳，抽出那张发黄变暗的纸条，仔仔细细地看了一遍，就拿出火柴，点燃了纸条。一股火苗跳起来，纸条就成了灰烬。他望着星星点点的散灰，点点头说：大河，你放心了！然后，又回过头，冲跪在地上的抗生说：孩子，这就是你的父亲，当年八路军县大队的排长魏大河。孩子，你爹当年就死在我的怀里，将来无论走到哪里，你都要记住，你是烈士的儿子。

说完，他早已是涕泪横流。

抗生低下头，眼睛也湿润了。

他又把军军带到无名烈士的墓前。军军跪了下来，他望着烈士墓，又看一眼军军：军军，到现在你父母叫啥我还不知道，这么多年了，叫啥都不重要了。你只要记住，你是烈士的后代就行了，不管走到哪里，你父母的眼睛都会一直望着你，这就够了。

军军的泪水止不住地流了下来，他仰起脸，神情坚毅地说：爸，我记住了。

抗生和军军参军走了。

他们走的那一天，彩凤起了个大早，烙了一摞糖饼，热乎乎地给孩子们带上了。彩凤哽着声音说：孩子，别忘了吃妈的糖饼，吃了它，你们的日子就是甜的。

妈，我们记住了。

说着，抗生和军军一起恭恭敬敬地给彩凤和杨铁汉鞠了一躬，向门外走去。就在他们走出门口的时候，杨铁汉喊了一声：等一下。

他跑过去，给抗生整了整了衣服，又拍一拍军军的脊背，才说了一句：去吧。

爸、妈，那我们走了。

他冲孩子们挥挥手。

两个孩子的身影很快就远了。

他呆呆地立在那里，冲孩子们的背影举起了右手。他在以一名军人的方式为孩子们送行。

孩子们一走，家一下子就空了。

只有他和彩凤在家里进进出出着。杂货铺还是杂货铺，公私合营后杂货铺就叫作商店了，彩凤也成了商店里唯一的营业员。

晚上，杨铁汉从县委回来，总要在屋里坐一坐，看看照片里的盼春和盼和。他深情地望着两个孩子，絮絮叨叨着：孩子，爸想你们啊！

他的眼里很快就蓄满了泪水。彩凤这时也悄悄站在他的身后，抹一把眼角，轻轻地说：孩子他爸——

他回过头，望着彩凤，狠狠地擦去脸上的泪水：哭啥？咱们孩子个个都有出息，咱做爹娘的应该高兴。

彩凤强忍着又要溢出的泪水，点着头：高兴，孩子他爸，我高兴！

以后的每天里，他们除了和照片里的盼春和盼和说上一会儿话，就是苦苦地盼着抗生和军军的来信。

一九六九年，珍宝岛自卫反击战打响了，身为副连长的抗生牺牲在了珍宝岛。

一九七二年，身为连长的军军在抗美援越的战斗中，永远地躺在了越南的土地上。

当然，这一切都是后话。

没有尾声

这天，杨铁汉正坐在公私合营的商店门前晒太阳，他一边晒太阳，一边等着邮递员。每天，邮递员差不多都是这个时候过来，现在，期盼孩子们的来信已经成了他和彩凤生活中的一项重要内容。邮递员还没有来，他看见一个人影正一点点地向这边走过来，他对这个身影似乎很熟悉，他下意识地睁大了眼睛，又伸手抹了一把眼睛。那人走到近前时，他叫了一声：小菊——

小菊背着蓝布包，像当年一样站在了他的面前。

小菊打量着他，半晌才说：铁汉，我进城走走，不知不觉地就走到这里来了。

他站起来，两个人很近地凝视着，许久，他颤抖着声音说：小菊，你还好吗？

小菊低下了头：我还是以前那样。

说完，她转过身，似乎要走，却又想起什么似的说：铁汉，你很久没有回家看看了。

小菊说完就走了，她走得很慢。

他目送着小菊。

彩凤推门走了出来，问了句：谁呀？

他从恍惚中醒过来：没啥，是个熟人。

小菊走后，他的心开始晃悠起来，他真的已经很久没有回家了。

当他又一次出现在家里的那座院子前，看着眼前熟悉的一切时，他的心“砰砰”地一阵急跳，他在心里喊着：小菊，我回来了——

眼里的泪再也止不住地掉了下来。

图书在版编目(CIP)数据

天下父母 / 石钟山著. -- 北京 : 中国文史出版社, 2023.3

(中国专业作家作品典藏文库. 石钟山卷)

ISBN 978-7-5205-3447-5

Ⅰ. ①天… Ⅱ. ①石… Ⅲ. ①长篇小说-中国-当代 Ⅳ. ①I247.5

中国版本图书馆 CIP 数据核字(2021)第 262296 号

责任编辑: 蔡晓欧

出版发行: 中国文史出版社
社　　址: 北京市海淀区西八里庄路 69 号院　邮编: 100142
电　　话: 010-81136606　81136602　81136603 (发行部)
传　　真: 010-81136655
印　　装: 北京新华印刷有限公司
经　　销: 全国新华书店
开　　本: 720×1020　1/16
印　　张: 15　　　字数: 187 千字
版　　次: 2023 年 3 月第 1 版
印　　次: 2023 年 3 月第 1 次印刷
定　　价: 55.00 元